TURING
图灵教育

站在巨人的肩上
Standing on the Shoulders of Giants

数学女孩的秘密笔记

积分篇

〔日〕结城 浩◇著
卫宫纮◇译 洪万生◇审

人 民 邮 电 出 版 社
北 京

图书在版编目(CIP)数据

数学女孩的秘密笔记. 积分篇 / (日) 结城浩著 ; 卫宫纮译. -- 北京 : 人民邮电出版社, 2024.1

(图灵新知)

ISBN 978-7-115-62874-9

Ⅰ. ①数… Ⅱ. ①结… ②卫… Ⅲ. ①长篇小说—日本—现代 Ⅳ. ①I313.45

中国国家版本馆CIP数据核字(2023)第192569号

内 容 提 要

"数学女孩"系列以小说的形式展开，重点讲述一群年轻人探寻数学之美的故事，内容深入浅出，讲解十分精妙，被称为"绝赞的数学科普书"。"数学女孩的秘密笔记"是"数学女孩"的延伸系列。作者结城浩收集了互联网上读者针对"数学女孩"系列提出的问题，整理成篇，以人物对话和练习题的形式，生动巧妙地解说各种数学概念。主人公"我"是一名高中男生，喜欢数学，兴趣是讨论计算公式，经常独自在书桌前思考数学问题。进入高中后，"我"先后结识了一群好友。几个年轻人一起在数学的世界中畅游。本书非常适合对数学感兴趣的初高中生及成人阅读。

◆著　　[日] 结城浩
　译　　卫宫纮
　审　　洪万生
　责任编辑　魏勇俊
　责任印制　胡　南

◆人民邮电出版社出版发行　　北京市丰台区成寿寺路11号
　邮编　100164　　电子邮件　315@ptpress.com.cn
　网址　https://www.ptpress.com.cn
　北京天宇星印刷厂印刷

◆开本：880×1230　1/32
　印张：8.25　　2024年1月第1版
　字数：156千字　　2024年1月北京第1次印刷
　著作权合同登记号　图字：01-2021-3524号

定价：59.80元

读者服务热线：(010)84084456-6009　印装质量热线：(010)81055316

反盗版热线：(010)81055315

广告经营许可证：京东市监广登字20170147号

序章

将所有的时代堆积起来，

就能构成现今世界吗？

将所有沙石收集起来，

就能组成整个地球吗？

将所有的我加总起来，

就是关于我的一切吗？

若能观察所有的一切，

就能知晓世间万物吗？

观察、观察，不断观察，

才能看穿事情的本质，

才能发现背后的真相。

纵然没办法马上发现，

还是先从自己身边开始观察吧！

献给你

本书将由由梨、蒂蒂、米尔迦与“我”，展开一连串的数学对话。

在阅读中，若有理不清来龙去脉的故事情节，或看不懂的数学公式，你可以跳过去继续阅读，但是务必详读他们的对话，不要跳过。

用心倾听，你也能加入这场数学对话。

编者注

本书中图片因原图无法编辑，为防止重新绘制出错，故图中变量正斜体问题不做修改。

登场人物介绍

我

高中二年级，本书的叙述者。

喜欢数学，尤其是数学公式。

由梨

初中二年级，“我”的表妹。

总是绑着栗色马尾，喜欢逻辑。

蒂蒂

本名为蒂德拉，高中一年级，精力充沛的“元气少女”。

留着俏丽短发，闪亮的大眼睛是她吸引人的特点。

米尔迦

高中二年级，数学才女，能言善辩。

留着一头乌黑亮丽的秀发，戴金属框眼镜。

妈妈

“我”的妈妈。

瑞谷老师

学校图书室的管理员。

目录

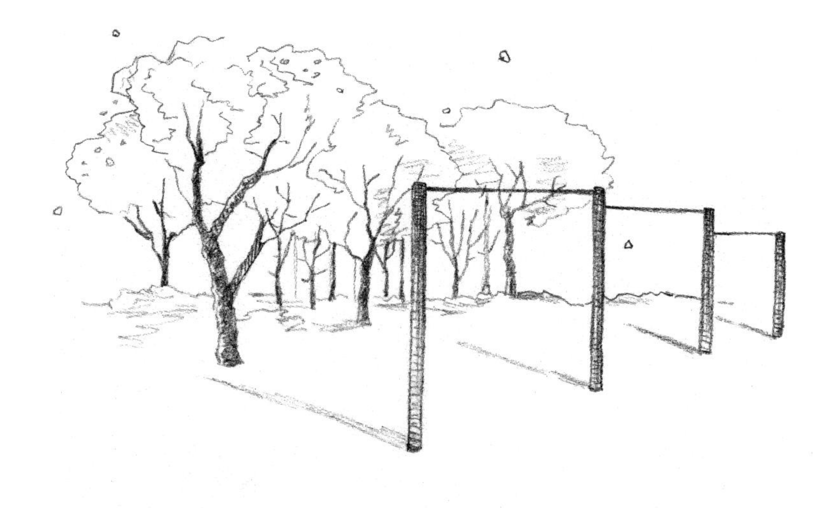

第 1 章

观察变化的乘法

“不断变化的东西，总是吸引人的目光。”

1.1 我的房间

由梨：“哥哥，我遇到了奇怪的数学题。”

我：“奇怪的数学题？”

上初中的表妹由梨总是叫我“哥哥”，放假时经常跑到我的房间玩，一起讨论数学题，我们的关系非常好。

由梨：“像是这样的数学题。兄弟两人步行前往车站，因为哥哥的脚步比较快，弟弟只能紧跟在后头……”

我：“嗯，的确有类似的题。”

由梨：“哥哥等一下弟弟不就好了！”

我：“哈哈。真的就像由梨所说的，放到现实生活中会听起来很奇怪。你是说像下面这样的数学题吧？”

问题 1（兄弟步行）

兄弟两人同时从家里出发，哥哥每分钟走 100 米，但弟弟每分钟只能走 50 米。假设家里到车站的距离有 500 米，试问当哥哥抵达车站时，弟弟距离家里多少米？

由梨：“就是这样的问题。弟弟好可怜喵……”

由梨用猫语表示气愤。

我：“对了，你会解这个题吗？”

由梨：“这很简单啊。到车站的距离有 500 米，哥哥每分钟走 100 米，所以 5 分钟就会抵达吧？”

$$\frac{500(\text{米})}{100(\text{米/分钟})} = 5(\text{分钟})$$

我：“没错。”

由梨：“因为弟弟每分钟走 50 米，5 分钟走了 250 米，所以他距离家里 250 米！”

$$50（\text{米 / 分钟}）\times 5（\text{分钟}）=250（\text{米}）$$

由梨晃着栗色马尾，得意地说出答案。

解答 1（兄弟步行）

弟弟距离家里 250 米。

我：“嗯，正确。”

由梨：“竟然丢下弟弟先走，太过分了！”

我：“也对。”

由梨：“哥哥不会把由梨丢下自己先走吧？”

我：“真的发生时，应该是你丢下我吧？”

由梨：“你说什么？”

我：“……嗯，那么，假设抵达车站的哥哥回过头去找弟弟吧。”

由梨：“回过头去找弟弟？”

问题 2（不断往返的哥哥）

兄弟两人同时从家里出发，哥哥每分钟走 100 米，但弟弟每分钟只能走 50 米。假设从家里到车站的距离有 500 米，哥哥抵达车站后马上掉头，碰到弟弟后再走回车站，不断在车站与弟弟之间往返。试问当弟弟抵达车站时，哥哥总共走了多少米？

由梨：“这样……来来回回很复杂耶！”

我：“但是，你懂题目的意思吧？”

由梨：“让我想一下。弟弟不断接近车站……也就是说，哥哥往返的距离渐渐缩短，最后越变越短……不停来来回回，这怎么可能发生啊？！”

我：“的确，现实生活中不会有人这样做，但这可以想成是点的移动。”

由梨：“想成点的移动还是很难吧，会变成无限项的相加运算。”

我：“问题 2 可以像问题 1 一样马上解出来哦。”

由梨：“问题明明是无限的往返，也能解吗？”

我：“这题可以从走了多少时间切入。哥哥是在车站与弟弟之间来回往返，但弟弟却不是这样。弟弟从家里出发后，就一直走向车站。弟弟抵达车站花了多少时间？”

由梨：“到车站的距离有 500 米，弟弟每分钟走 50 米。这样的话……

$$\frac{500(\text{米})}{50(\text{米}/\text{分钟})}=10(\text{分钟})$$

所以，弟弟走了 10 分钟。”

我：“那么，在这 10 分钟内，哥哥走了多少米？”

由梨：“啊！是这样啊！哥哥每分钟走 100 米，走了 10 分钟……

$$100(\text{米}/\text{分钟})\times 10(\text{分钟})=1000(\text{米})$$

所以，哥哥走了 1000 米！”

我：“答对了。”

解答 2（不断往返的哥哥）

哥哥总共走了 1000 米。

由梨：“这好厉害……”

我：“当我们知道每分钟走多少米，自然会去想‘走了几分钟’。”

由梨：“最后再相乘就好了吧。”

我：“没错。相乘后就能知道走了多少米。

速度 × 花费时间

这相当于在求面积。”

由梨：“不是吧？我没有在求面积啊？”

我：“不对，这是在求‘速度图’的面积哦，相当于在积分速度……”

由梨：“积分？那是什么，很有趣吗？”

我：“嗯，很有趣哦。举个简单的例子来说明，我想由梨就能了解积分的概念了。”

由梨：“积分会很复杂吗？”

我：“不会，你一定可以理解的。”

由梨：“太好了，那就赶快开始吧。”

我：“……”

我们就这样踏上了“积分学习之旅”。

1.2 变化的位置

我：“假设有一条直线，点 P 在直线上移动。”

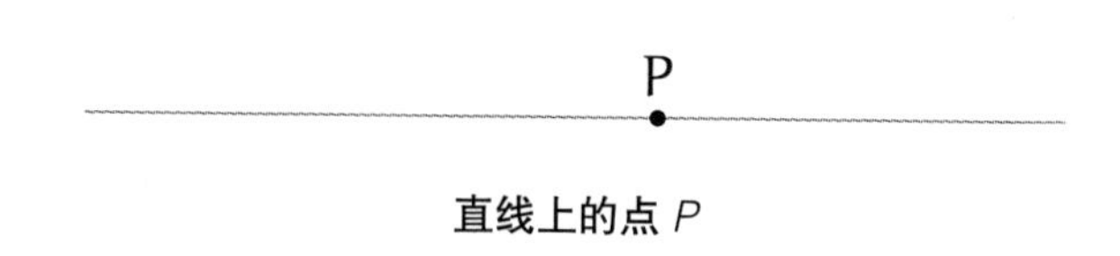

直线上的点 P

由梨：“又是点 P。”

我：“如果没有任何标示，我们不知道点 P 所在的位置。在直线上画上数字刻度后，普通的直线就变成了数线。”

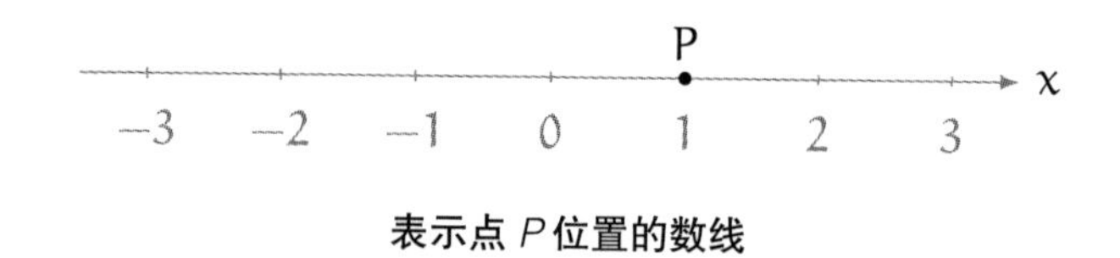

表示点 P 位置的数线

由梨：“嗯，数线。”

我：“举例来说，假设以 x 表示点 P 的位置，

$$x=1$$

我们会用这个数学式表示点 P 在位置 1 上。”

由梨：“若是 $x=10$ 呢？”

我：“表示点 P 前进很多！”

由梨：“那若是 $x=300\,000\,000$ 呢？”

我：“表示突然移动到非常远的地方……以此类推。”

由梨："一点都不难嘛。"

我："非常好。不过，点 P 在移动，比方说点 P 从位置 X_1 移动到位置 X_2。"

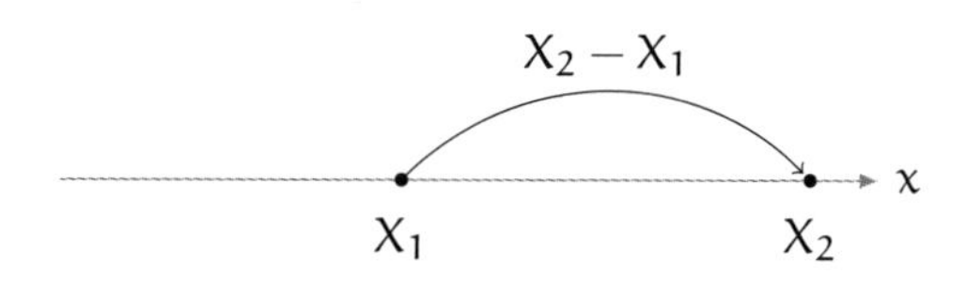

点 P 从位置 X_1 移动到 X_2

由梨："嗯，点移动了。"

我："此时，

$$位置变化 = X_2 - X_1$$

表示位置变化了多少。"

由梨："好的。"

我："虽然由 X_2-X_1 可了解'位置变化'（位置变化，也称位移），却不知道速度。"

由梨："因为不知道点 P 移动了 1 秒还是 3 万年。"

我："没错。如果不知道移动花费的时间，也就没办法知道速度。所以，在求点 P 的速度时，必须注意每个时刻的位置。举例来说

- 在时刻 T_1，点 P 的位置为 X_1。

- 在时刻 T_2，点 P 的位置为 X_2。

——像这样来讨论。”

由梨：“花费时间是 T_2-T_1 吧。”

我：“没错。花费时间就是‘时间变化’，表示为

$$\text{“时间变化”}=T_2-T_1$$

做到这里就能计算速度

$$\text{“速度”}=\frac{\text{“位置变化”}}{\text{“时间变化”}}=\frac{X_2-X_1}{T_2-T_1}$$

速度的公式会变成这样。”

由梨：“我了解了，但是好麻烦啊。”

我：“好麻烦？”

由梨：“位置、时间、速度都跑出来了，好麻烦呀——”

我：“位置是指‘在哪里’，时间是指‘什么时候’，速度是指‘往哪个方向跑多快’，一点都不麻烦哦。”

由梨：“时间、位置一起改变，所以看起来很复杂啊。”

我：“遇到许多变量同时变化，看起来很复杂时，可以画关系图辅助理解，抓住变化的规律。”

由梨：“原来如此。”

我：“想要知道随着时间改变，位置如何变化时，可以画出‘位置图’；想要知道随着时间改变，速度如何变化时，可以画出‘速

度图’。那么，实际来画画看，我们先来画个‘位置图’吧。”

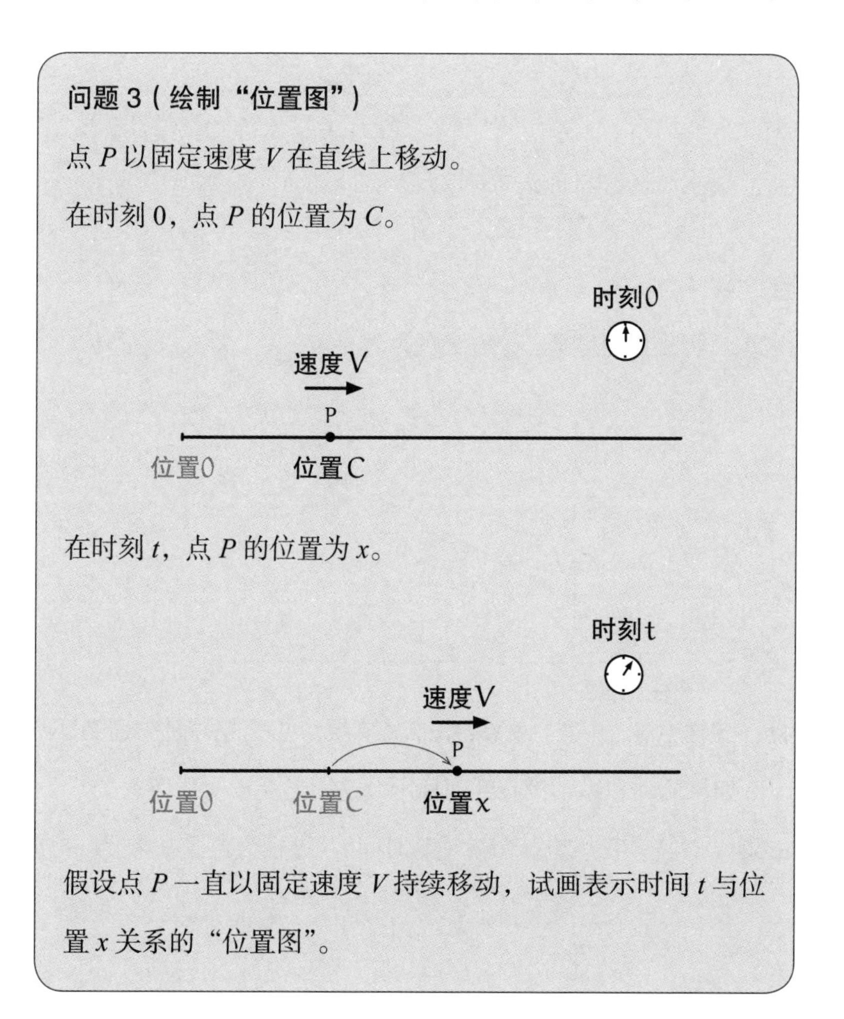

问题 3（绘制“位置图”）

点 P 以固定速度 V 在直线上移动。

在时刻 0，点 P 的位置为 C。

在时刻 t，点 P 的位置为 x。

假设点 P 一直以固定速度 V 持续移动，试画表示时间 t 与位置 x 关系的“位置图”。

由梨：“点是以固定速度在移动，所以‘位置图’会不断向右上方延伸嘛。”

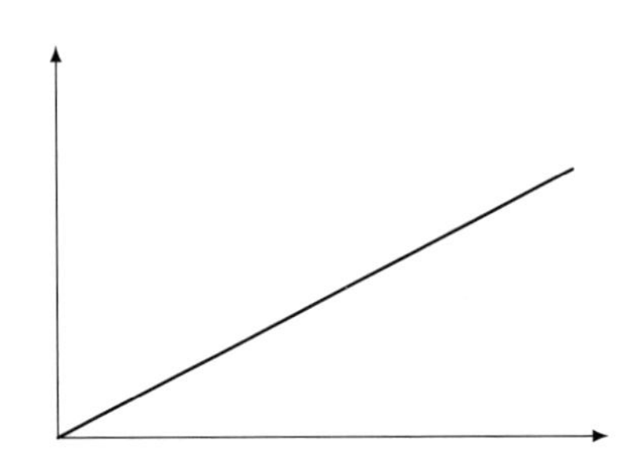

我：“咦？”

由梨：“啊，我漏掉了。一开始的位置是 C。”

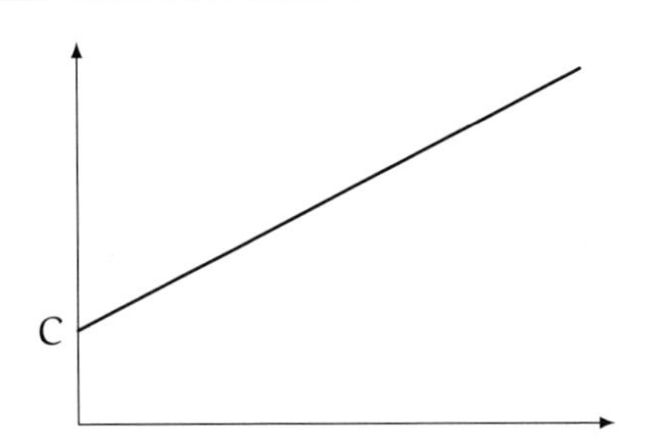

我：“这样不对，由梨。就算再怎么嫌麻烦，也不能省略这么多东西。

如果横轴和纵轴没有任何标示，这图形会没有任何意义。”

由梨：“对哦。我想想……横轴为时间 t、纵轴为位置 x 嘛。”

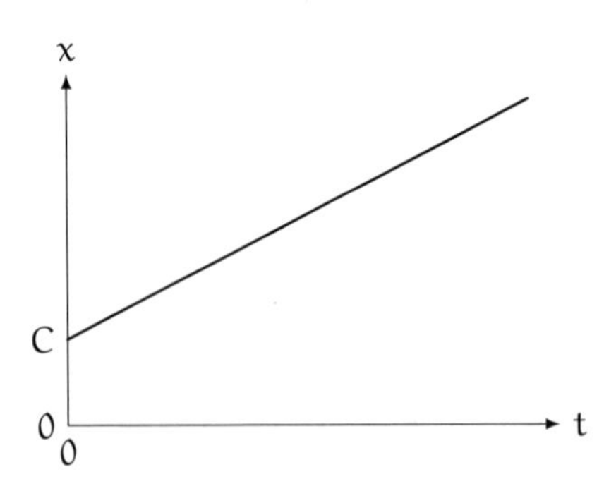

我：“没错。由这个关系图可以知道，点 P 在时刻 0 时位于位置 C。因为 $t=0$ 时 $x=C$。”

由梨：“嗯……为什么这个关系图有两个 0 呢？”

我：“啊，那是时间的 0 和位置的 0。一般会一起写成原点 O，但这里把它们分开来写。”

由梨：“嗯——”

我：“接着讨论关系图上其他时间的位置吧，像是 $t=1$ 时 x 的值为多少？”

由梨：“嗯……速度为 V、花费时间为 1，只前进了 $V\times1=V$，加上一开始的位置是 C，所以 x 的值会是 $V+C$？”

我：“没错。$t=1$ 时 $x=V+C$，试着把答案写进‘位置图’中吧。”

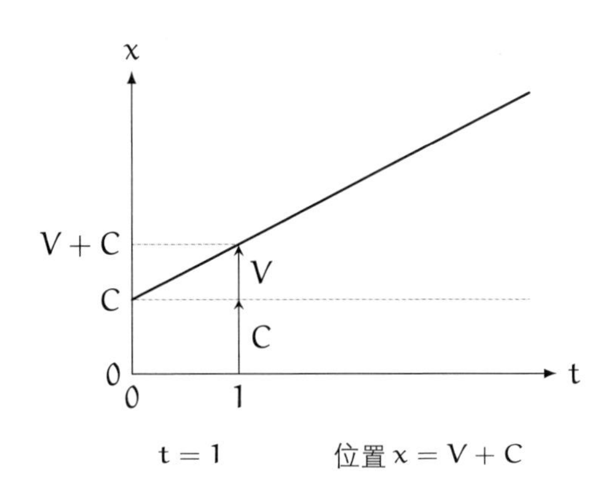

在时间 $t=1$ 时，位置 $x=V+C$

由梨：“哈哈，V 出现在 C 的上方了。”

我："因为 C 是 $t=0$ 时的位置。同理，如果改变时间 t……

$t=0$ 的时候 $x=0+C$

$t=1$ 的时候 $x=V+C$

$t=2$ 的时候 $x=2V+C$

$t=3$ 的时候 $x=3V+C$

……

x 会像这样变化。比较新位置和一开始的位置 C，会发现时间 $t=1$，位置增加 V；时间 $t=2$，位置增加 $2V$；时间 $t=3$，位置增加 $3V$。换句话说，从起始位置 C 开始的'位置变化'跟时间成正比关系。"

由梨："是啊。"

我："经过一般化，时间 t 与位置 x 的关系会是

$$x=Vt+C$$

在关系图上，呈现斜率为 V 的直线。"

由梨："又是一般化。"

解答 3（绘制“位置图”）

表示点 P 的时间 t 与位置 x 关系的“位置图”如下。

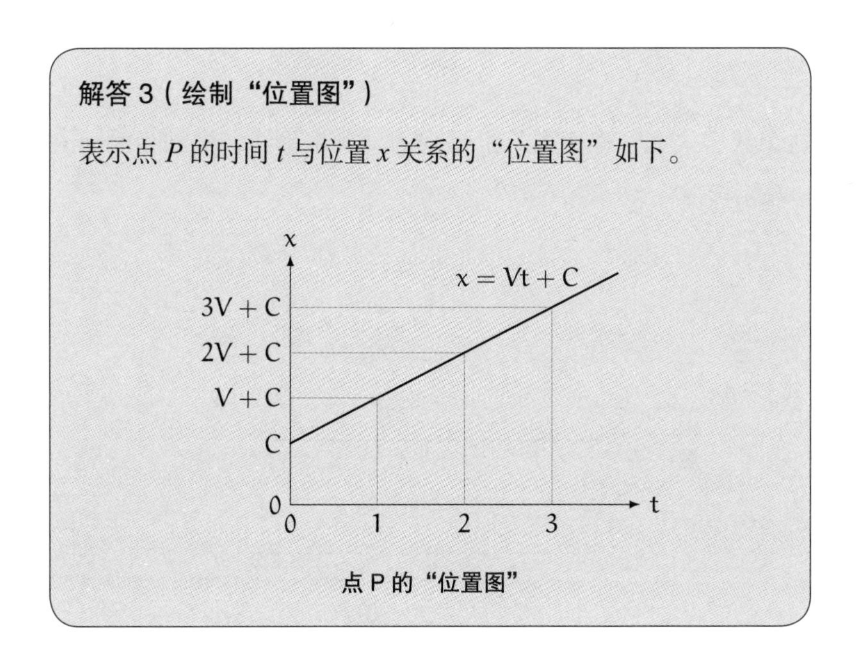

点 P 的“位置图”

由梨：“呵呵，哥哥真的很喜欢列数学式耶。”

我：“喜欢啊。只要知道 V 和 C，就能够用数学式 $x=Vt+C$，求出任何时间 t 所对应的位置 x。这个‘任何时间 t 所对应的’很吸引我啊。”

由梨：“哦——这就是对数学式的爱啊。”

我：“‘位置图’就像是这样，那‘速度图’会如何呢？”

由梨：“因为速度固定不变，所以呈现水平线？”

我：“是的。点 P 的速度在任何时间 t 皆为定值 V。若以小写字母 v 表示在时间 t 点 P 的速度：

$$v = V$$

这个数学式在‘速度图’上呈现为一条水平线。横轴为时间 t，纵轴为速度 v。”

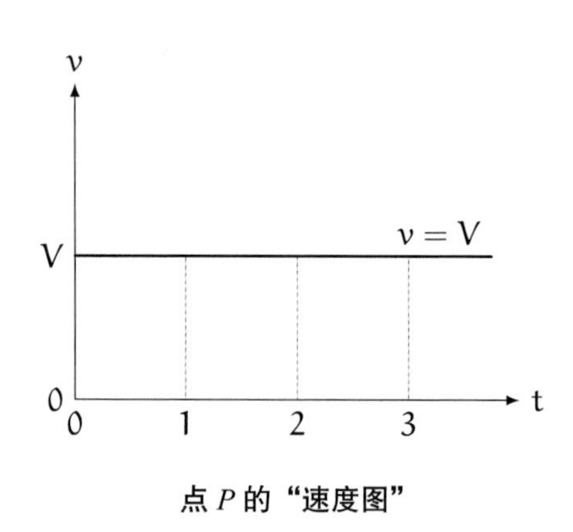

点 P 的“速度图”

由梨：“速度一直没有改变啊。”

我：“没错。因为前提条件是点 P 的速度固定不变，所以即便位置改变了，速度也不会出现变化。”

由梨：“呵呵……啊哈哈哈哈！”

我：“突然怎么了？”

由梨：“我突然想到以前哥哥举过在坚硬冰块上面滑动的例子。”

我:"啊啊，的确有这回事。点 P 的移动跟不受外力在冰上滑动一样。"

1.3 "位置图"⇨"速度图"

我:"点 P 以速度 V 移动，将移动情况画成'位置图'和'速度图'后，两张图形会差很多。"

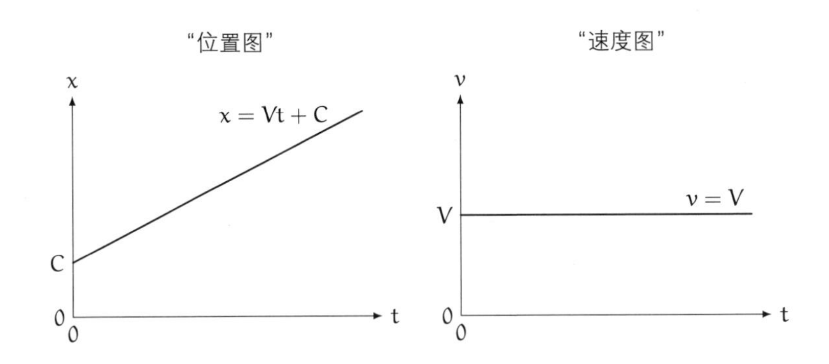

由梨:"因为是不同的关系图，图形当然不一样吧?"

我:"虽然图形的确不一样，但两张图并非完全没有关联哦。两张图都是用来表示点 P 的移动。"

由梨:"我不懂哥哥想说什么。"

我:"我想要说的是，

- '位置图'的斜率为 V。
- '速度图'的截距为 V。

两张图表示了不同的意义。”

由梨：“嗯？”

我：“‘位置图’的斜率等于速度，这你了解吧？”

由梨：“我知道呀。‘位置图’的斜率越大，表示相同时间能够跑得越远，也就是速度越快嘛。”

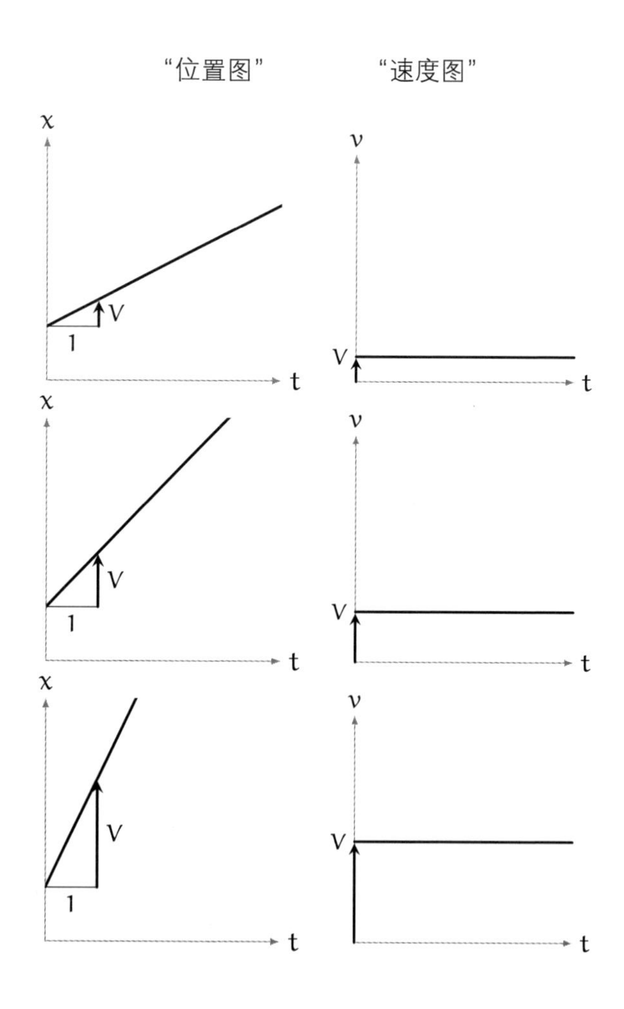

我:"'位置图'上斜率的斜直线,会变成'速度图'上截距的水平线。当我们知道'位置图',就能够画出'速度图'。"

"位置图" ⇨ "速度图"

由梨:"哦哦——"

我:"接着,这次反过来想吧。"

"位置图" ⇦ "速度图"

由梨:"反过来?"

1.4 "位置图" ⇦ "速度图"

我:"只要知道'速度图'的图形面积,就能够画出'位置图'!"

由梨:"完全听不懂!"

我:"把两张图排在一起,你就能够看出来了哦。"

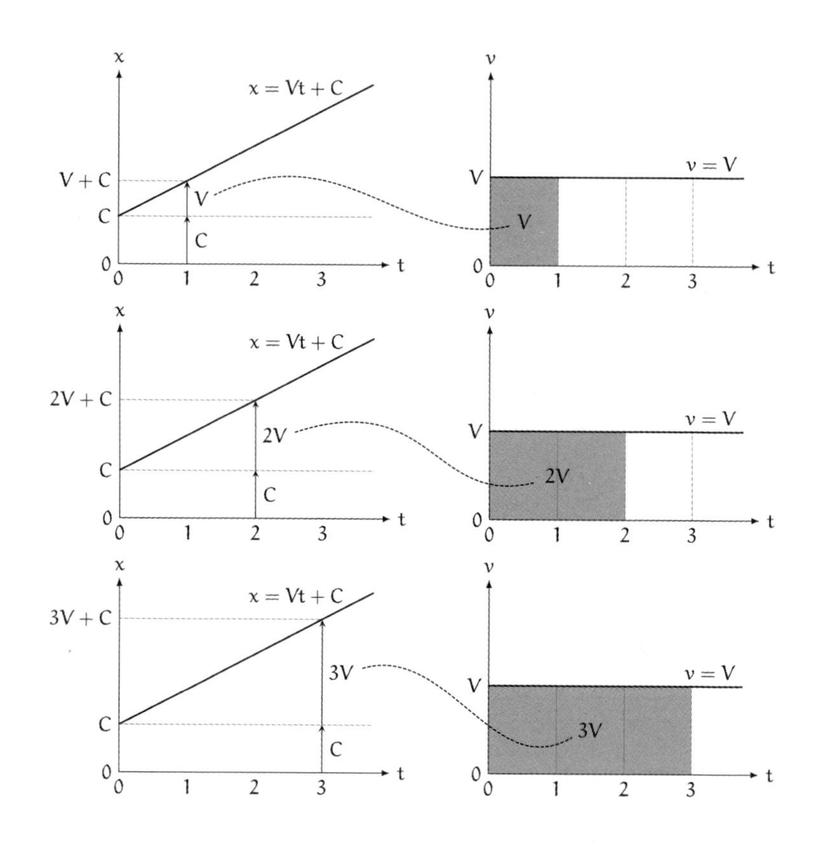

由梨紧盯“位置图”与“速度图”，努力找出两图的关系。

我：“……”

由梨：“……哈哈。”

我：“看出来了吗？”

由梨：“我知道了！很简单啊！当时间 t 变成 1, 2, 3 时，‘位置图’上的长度是 $V, 2V, 3V$，‘速度图’所围成的面积是 $V, 2V, 3V$。”

我：“没错。在‘速度图’中经过时间 t 所围成的长方形面积为

Vt。把 Vt 加上 $t=0$ 的位置 C，就会变成位置 x 对时间 t 的数学式

$$x = Vt + C$$

其中，Vt 既是‘位置变化’，也是‘速度图’中对应的面积。”

由梨：“原来如此。明明是在说点的移动，却变成面积……”

我：“嗯，所以，

速度 × 花费时间

前面才会说这个数学式是指面积。‘速度图’的面积代表‘位置变化’。把时间 t 的面积加上时刻 0 的位置，就能够知道时间 t 的位置。换句话说，我们可以画出‘位置图’。”

由梨：“嗯。意思是我们可用乘法计算长方形的面积，把‘速度图’转为‘位置图’嘛。”

我：“这是点 P 的情况。然后，接下来会越来越有趣。”

由梨：“哥哥的眼睛在闪闪发光！”

我：“这里能用乘法转换关系图，是因为点 P 以固定的速度在移动。在这个前提条件下，点 P 在任何时间的速度都是 V。因为速度固定不变，所以‘速度图’呈现长方形。因为图形是长方形，所以才能用乘法来求面积。没错吧？”

由梨：“嗯哼，然后呢？”

我：“速度固定的情况很简单。但是，如果像下面的问题，速度发生了改变呢？”

由梨：“哦？”

1.5 变化的速度

我：“这次跟前面的点 P 不同，讨论会移动的另一点 Q。”

问题 4（绘制“位置图”）

在直线上移动的点 Q，其“速度图”如下所示。试画点 Q 的“位置图”。

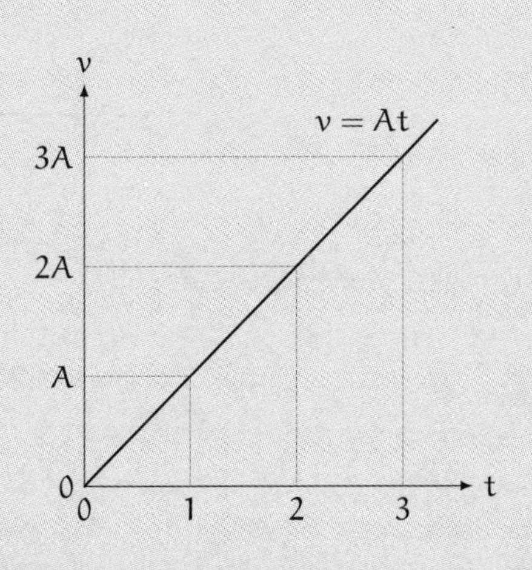

其中，在时刻 0，点 Q 的位置为 C。

由梨：“咦？这跟前面点 P 的问题不是一样吗？位置出现直线变化……”

我：“不对哦，由梨。这不是‘位置图’而是‘速度图’哦。点 Q 的速度 v 并不固定，速度 v 跟时间 t 呈现正比关系。”

由梨：“嗯……点 Q 渐渐变快了？”

我：“没错。”

由梨：“嗯……”

我：“前面讨论点 P 的两个关系图会像这样：

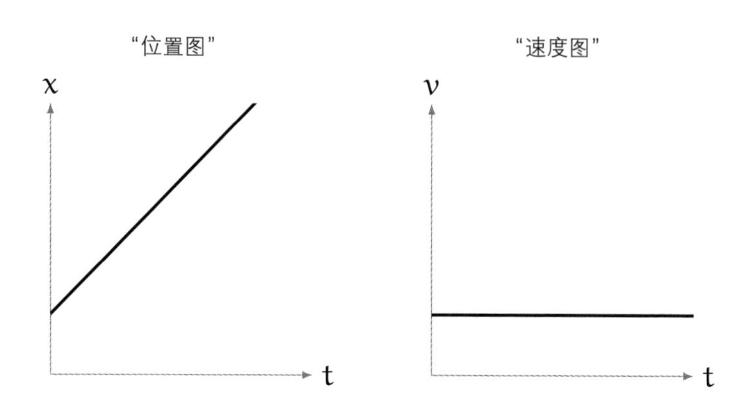

但是，点 Q 的两个关系图会像这样：

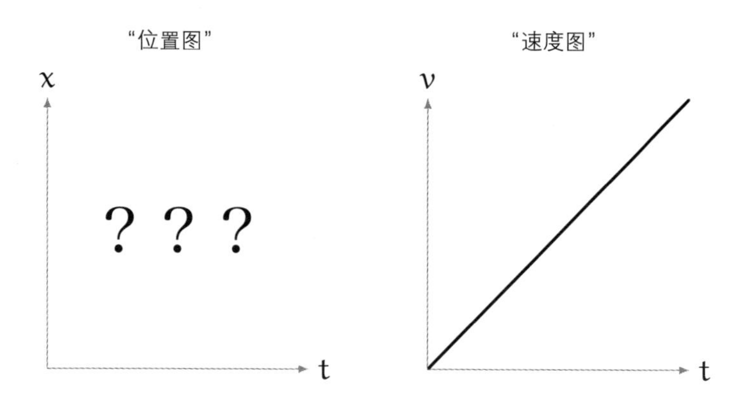

问题 4 想要讨论的是点 Q 的'位置图'。"

由梨："现实中有像这样速度逐渐变快的情况吗？"

我："速度跟时间成正比逐渐变大，例如球从高处落下时的速度变化。"

由梨："由'速度图'画出'位置图'……"

我："'速度图'所围成的面积表示'位置变化'，所以，只要像这样求三角形的面积就行了。”

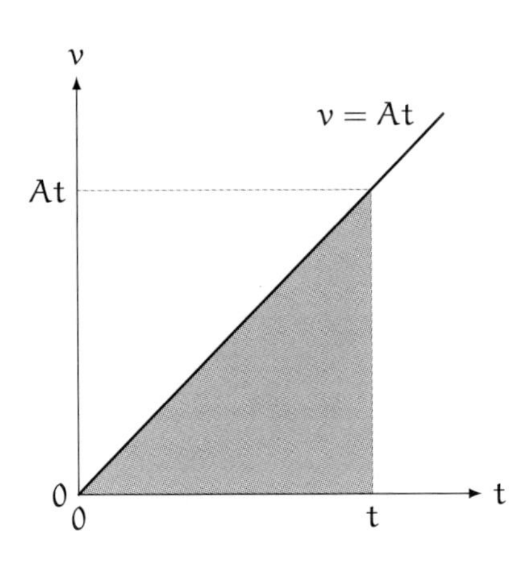

“速度图”形成的面积为？

由梨：“……因为是底边为 t、高为 At 的三角形，所以

$$t\times At\div 2=\frac{1}{2}At^2$$

面积会是这样？”

我：“没错！就是这样。因为点 Q 的速度为 $v=At$，所以三角形的面积会是 $\frac{1}{2}At^2$。因此，经过时间 t，点 Q 的位置只前进了 $\frac{1}{2}At^2$。由问题 4 可知，在时刻 0，点 Q 的位置为 C，所以

$$x=\frac{1}{2}At^2+C$$

位置 x 对时间 t 的数学式可以这样表示。”

由梨：“……”

我："$x=\frac{1}{2}At^2+C$ 的关系图会形成抛物线。"

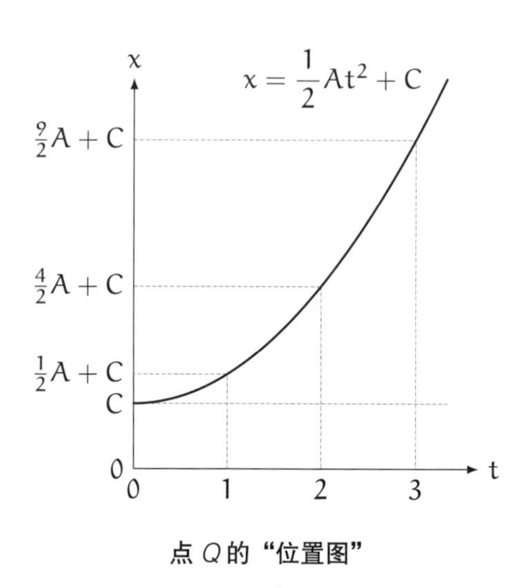

点 Q 的"位置图"

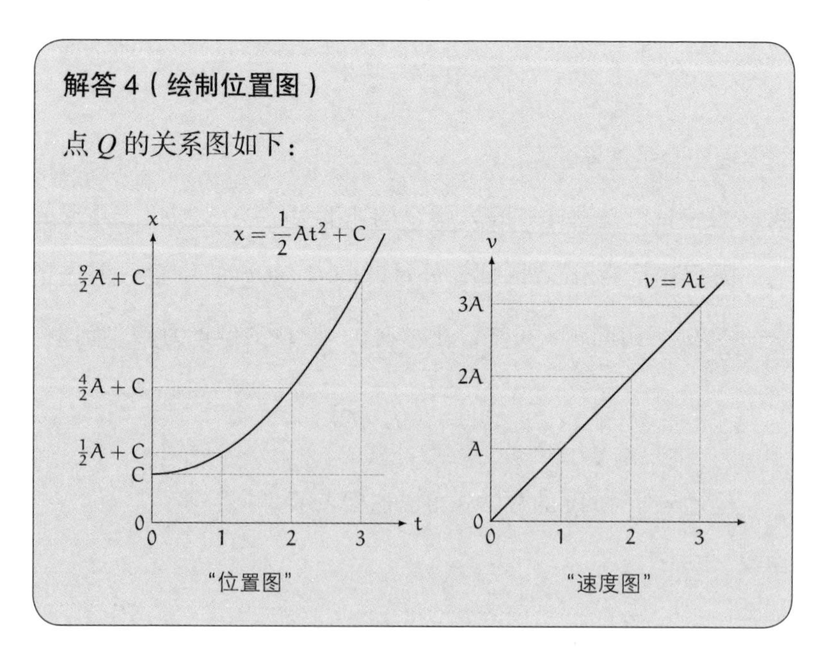
解答 4（绘制位置图）

点 Q 的关系图如下：

由梨："……"

我："由这张'位置图'，可以看出后面的位置变化幅度很大，出现加速的感觉。"

由梨："等等！这有点奇怪啊，哥哥。"

我："什么地方奇怪？"

1.6 速度改变也没关系？

由梨："哥哥刚才是用'速度图'的面积画'位置图'吧？"

我："是啊。因为'速度图'和横轴所围成的图形面积会是'位置变化'。"

由梨："为什么？为什么'速度图'所围成的面积会是'位置变化'？"

我："你想想，速度 × 花费时间等于'位置变化'吗！"

由梨："等等，速度固定的话，我能够了解！Vt 会是'速度图'所围成的长方形面积，但那是适用速度固定的情况吧？"

我："是的。"

由梨："但是，点 Q 的情况不同！点 Q 的速度不是会改变吗？速度发生变化时，'速度图'的面积会是'位置变化'吗？"

我："的确像你所说的。点 Q 的'速度图'会形成三角形，但这个面积是不是'位置变化'，我没有做任何说明。"

由梨：“对吧？速度发生变化时，‘速度图’的面积会是‘位置变化’吗？”

我：“会是哦。”

由梨：“为什么？为什么可以这样说？”

我：“点的速度固定的话，你能够理解吗？”

由梨：“可以。就是长方形的面积。”

我：“‘速度图’所围成的三角形面积，可用多个长方形的面积相加来计算。然后，相加起来的面积就会是‘位置变化’。”

由梨：“咦？长方形和三角形是不同的形状吧，计算公式也不同呀。为什么三角形的面积可以用长方形的面积来计算？”

我：“三角形的面积可以像这样排列长方形来计算。”

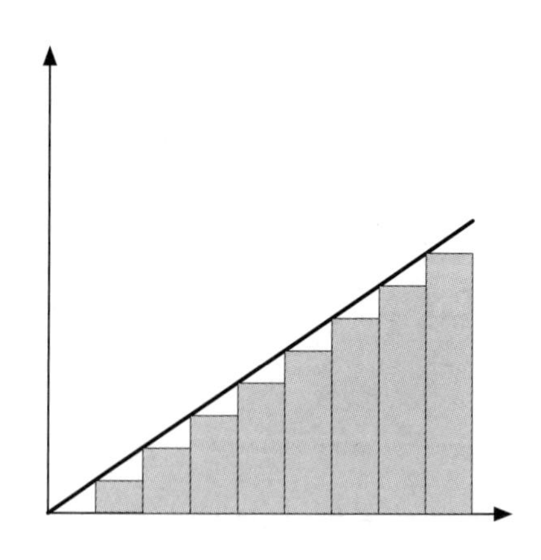

由梨：“顶端出现许多空隙耶！”

我：“是啊。长方形像这样并排在一起后，还需要一项秘技才能够计算面积。”

由梨:“秘技?”

我:“这种计算面积的方法就是积分。”

由梨:“积分，突然蹦出来了!”

妈妈:“孩子们！吃点心啰!”

“有没有发生变化，不仔细观察是不会知道的。”

第 1 章的问题

你可能以前没有解过这道题目，又或者，你不曾以不同的角度探索同一道题目。

——波利亚·哲尔吉

●问题 1-1（汽车的移动距离）

有一辆汽车沿直线行驶，前面 20 分钟以时速 60 千米行驶，后面 40 分钟以时速 36 千米行驶。

试问汽车总共行驶了多少千米？

（解答在第 218 页）

●问题 1-2（“移动距离图”与“速度图”）

试画问题 1-1 汽车行驶的“移动距离图”与“速度图”。

（解答在第 219 页）

●问题 1-3（注满水族箱）

为了注水至水族箱中，准备了两条不同粗细的水管。从空箱状态至注满水族箱，用粗水管需要 20 分钟，用细水管需要 80 分钟。试问同时使用两条水管注水时，从空箱至注满水族箱需要多少分钟？

（解答在第 220 页）

第 2 章

运用夹逼定理求面积

“大于 A 小于 B 的数，介于 A 与 B 之间。”

2.1 图形上出现空隙

吃完点心后，我们回到房间继续讨论数学。

由梨：“千层派真好吃！……哥哥在画什么？”

我：“刚才讲的问题哦。三角形的面积可以用长方形来计算吗？”

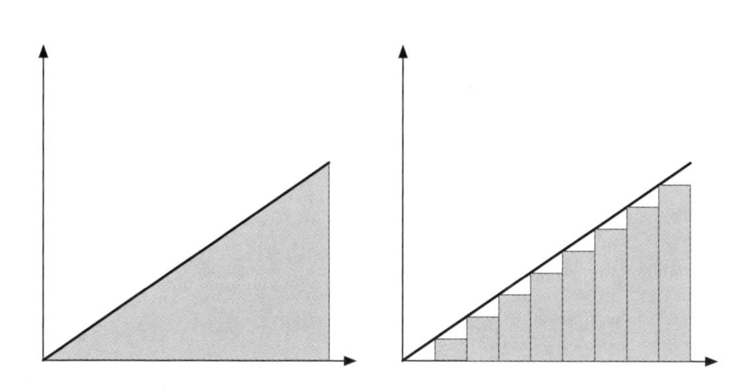

由梨：“图形上出现空隙。而且，三角形的面积算法是底边 × 高 ÷2，为什么还用长方形来做？”

我：“但是，如果遇到下面这样的图形，你要怎么求面积呢？”

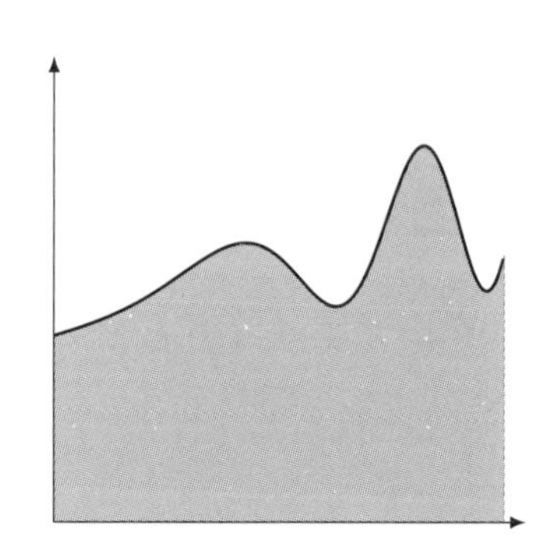

由梨："嗯……可是，即使用长方形，顶端还是会出现空隙。"

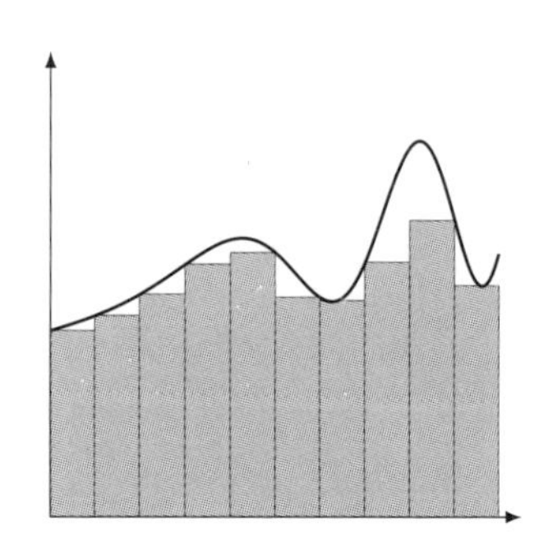

我："这样没办法计算正确的面积，所以我们需要用到极限的概念。"

由梨："极限……听起来好像必杀技！"

我："是啊。减小长方形的宽、增加长方形的数量，这样就能缩小出现的空隙。不断这样切割下去，长方形相加起来的面积会逼近于某个数值，这就是极限讨论的东西。"

由梨："哦哦。"

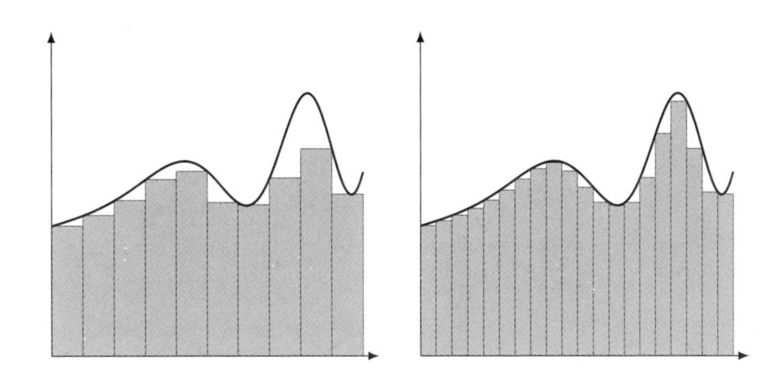

减小长方形的宽、增加长方形的数量

由梨："可是，还是会留下一些空隙耶?"

我："所以，这里要用'夹逼定理'。"

由梨："夹逼定理……"

我："在并排长方形时，分别画出小于实际面积的图形和大于实际面积的图形，再逐渐减少长方形的宽！这就是'夹逼定理'。"

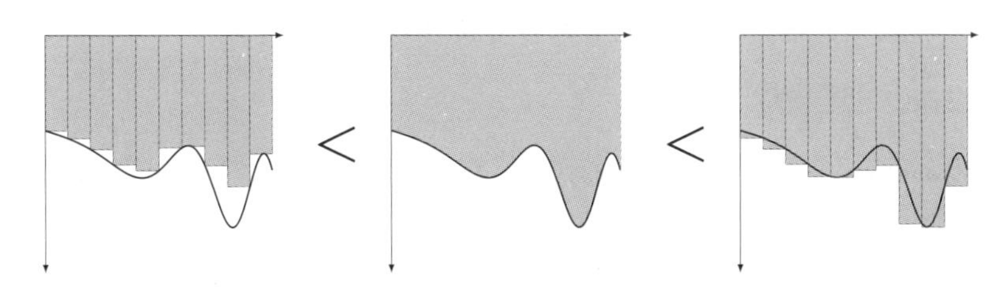

"夹逼定理"

由梨："哥哥！这做法跟求 3.14 时一样呢！"

我："3.14……圆周率?"

由梨："你瞧！之前不是画了很多正多边形吗？"

我："啊，之前说的阿基米德（Archimedes）求圆周率的方法啊。"[1]

由梨："那个时候也使用了'夹逼定理'！"

我："没错。"

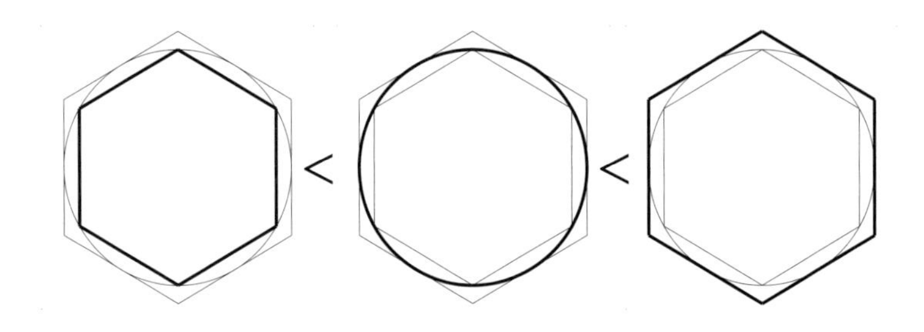

由梨："那时辛苦画到正九十六边形，才总算求出圆周率 3.14，真的很有趣。"

我："很有意思吧。那时是用'夹逼定理'从正六边形、正十二边形、正二十四边形到正九十六边形，但用积分计算面积的时候，得再进一步切割下去，才能求出极限值。"

由梨："极限值？"

我："举个简单的问题来说明吧。我们先求下面这个三角形的面积 S。"

① 参见《数学女孩的秘密笔记：三角函数篇》一书。

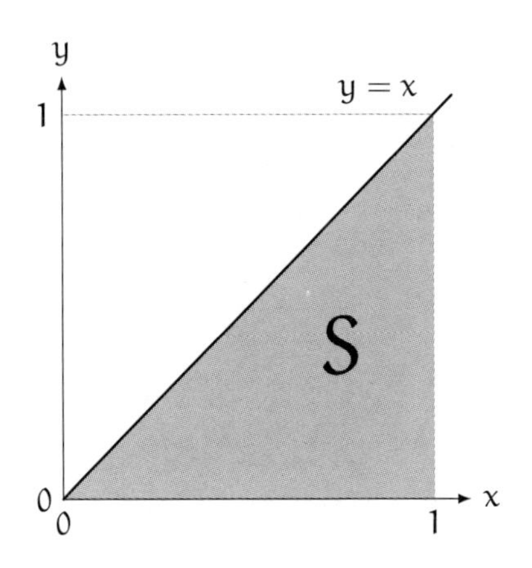

求上图的面积 S

由梨："因为是底边 × 高 ÷2，所以 $S=1\times1\div2=\frac{1}{2}$。"

我："S 的值没有错。虽然我们早就知道 $S=\frac{1}{2}$，但还是刻意'装作不知道'吧。"

由梨："装作不知道？"

我："对。不知道 S 等于多少的我们，打算用长方形来求面积 S。你瞧，下面这张图能看出四个长方形吧。"

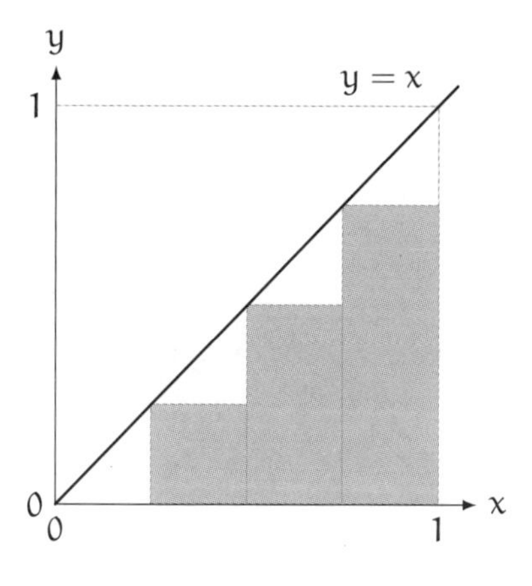

四个长方形？

由梨："我只看出三个而已。"

我："最左边的高为 0，所以看不出是长方形，但还是把它想象成长方形吧。这样一来，可以知道四个长方形的宽都是 $\frac{1}{4}$。"

由梨："因为是把 1 分成 4 等份吧。"

我："然后，长方形的高分别为……"

由梨："分别为 0、$\frac{1}{4}$、$\frac{1}{2}$、$\frac{3}{4}$。"

我："没错。但是，为了看出数字的规律，$\frac{2}{4}$ 不要约分写成 $\frac{1}{2}$。

换句话说，长方形的四个高分别为——

$$\frac{0}{4},\ \frac{1}{4},\ \frac{2}{4},\ \frac{3}{4}$$

我们可以看出规律。"

由梨："规律是分子分别为 0, 1, 2, 3 吗？"

我："对。把现在讨论的四个长方形面积和写成 L_4 吧。'L' 表示面积和小于三角形的面积。”

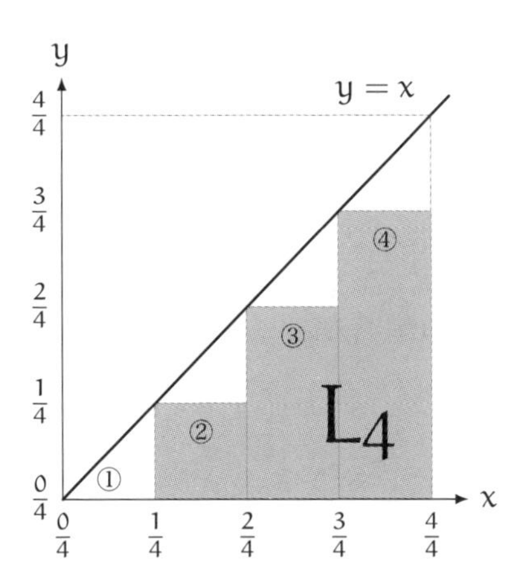

我：“这样就能求 L_4。”

$$L_4=\underbrace{\frac{1}{4}\cdot\frac{0}{4}}_{①}+\underbrace{\frac{1}{4}\cdot\frac{1}{4}}_{②}+\underbrace{\frac{1}{4}\cdot\frac{2}{4}}_{③}+\underbrace{\frac{1}{4}\cdot\frac{3}{4}}_{④}$$
$$=\frac{1}{4^2}(0+1+2+3)$$

由梨：“让我来算！ $\frac{0+1+2+3}{16}=\frac{6}{16}=\frac{3}{8}$！”

我：“啊，没错。像这样动手确认非常棒！但是，这边‘不要计算’会比较好处理，

$$L_4=\frac{1}{4^2}(0+1+2+3)$$

暂时保留这样的形式吧。”

由梨：“不要计算吗？”

我："在这边先不要计算，我们真正想要求的不是分成 4 等份的 L_4，而是 n 等份的 L_n。"

由梨："n 等份？"

我："因为后面需要增加长方形的个数，用字母 n 表示个数比较方便。为了'代入字母一般化'，这边先将图形分成 4 等份，再注意 L_4 的式子中'哪里出现 4'。'不要计算'比较好处理的用意就在这里。"

由梨："哦……这样的话，哥哥先说清楚嘛！"

我："好啦。然后，这边有 4 个长方形，但其中一个的面积为 0，面积 L_4 与三角形面积 S 比较后可得出

$$L_4 < S$$

——这个式子会成立。这样你能了解吗？"

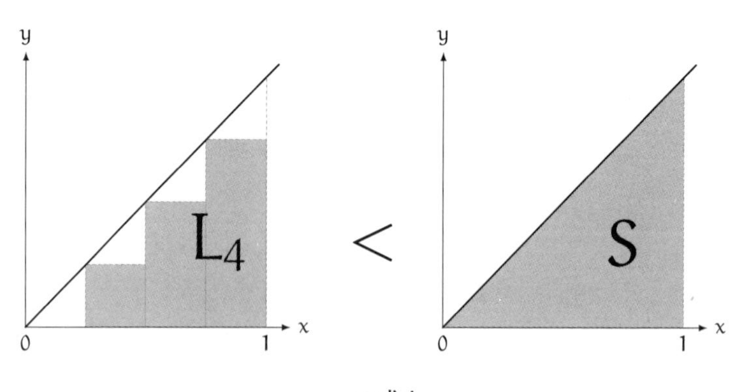

$L_4<S$ 成立

由梨："嗯，我了解。L_4 比 S 要小。"

2.2　从上面逼近

我："那么，这次从上面逼近吧。换句话说，并排长方形把三角形覆盖过去，像下面这样作成面积比 S 更大的图形。"

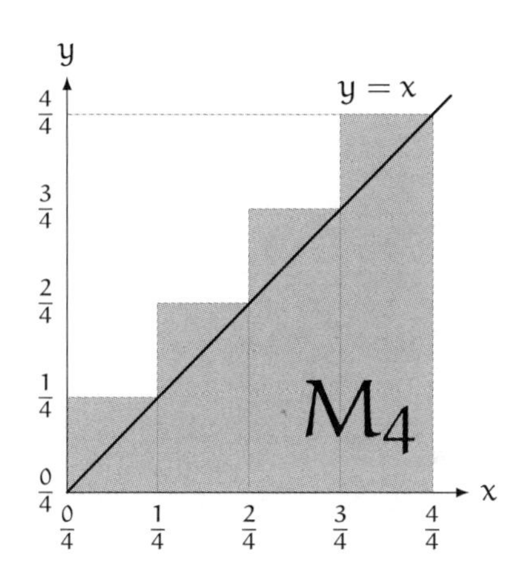

由梨："用比较小的 L_4 和比较大的 M_4 来做'夹逼定理'？"

我："是的。把覆盖三角形的四个长方形面积和写成 M_4 吧。"M"表示面积和大于三角形的面积。这样一来，

$$L_4 < S < M_4$$

就会成立。"

由梨："嗯，这不难理解。比较小的是 L_4，比较大的是 M_4，介于

两者之间的是 S。”

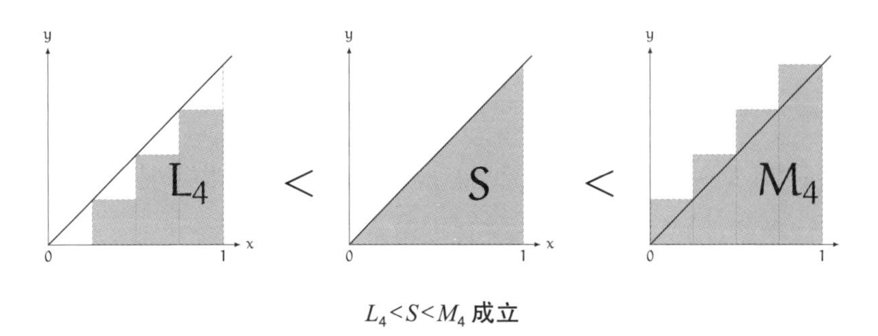

$L_4<S<M_4$ 成立

我：“那么，我们来实际计算 M_4 吧！”

问题 1（M_4 的计算）

试求四个长方形面积和 M_4，并列出数字规则明显的式子。

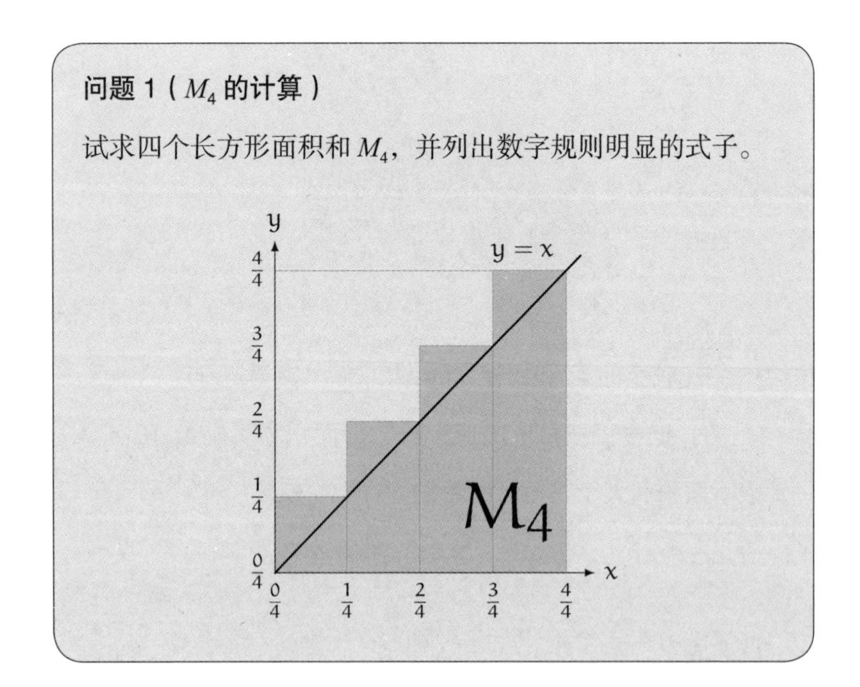

由梨:“这个简单!”

解答 1（ M_4 的计算）

四个长方形的宽皆为 $\frac{1}{4}$，

高分别为 $\frac{1}{4}$、$\frac{2}{4}$、$\frac{3}{4}$、$\frac{4}{4}$。

所以，四个长方形的面积总和 M_4 会是

$$\begin{aligned} M_4 &= \frac{1}{4}\cdot\frac{1}{4}+\frac{1}{4}\cdot\frac{2}{4}+\frac{1}{4}\cdot\frac{3}{4}+\frac{1}{4}\cdot\frac{4}{4} \\ &= \frac{1}{4^2}(1+2+3+4) \\ &= \frac{10}{16} \\ &= \frac{5}{8} \end{aligned}$$

计算结果为

$$M_4 = \frac{5}{8}$$

然后，数字规则明显的式子会是

$$M_4 = \frac{1}{4^2}(1+2+3+4)$$

我:“做得很好!

$$L_4 < S < M_4$$

所以，

$$\frac{1}{4^2}(0+1+2+3) < S < \frac{1}{4^2}(1+2+3+4)$$

会变成这样。”

2.3 一般化

我：“我们刚才是用‘夹逼定理’求三角形的面积 S。先把图形分成 4 等份后，再以 L_4 和 M_4 ‘夹挤’ S。也就是列出这样的数学式：

$$L_4 < S < M_4$$

接下来要‘代入字母一般化’，但我们先来整理数学式吧。”

分成 4 等份的‘长方形面积’总和

$$\begin{cases} L_4 = \dfrac{1}{4^2}(0+1+2+3) & \text{比较小} \\ M_4 = \dfrac{1}{4^2}(1+2+3+4) & \text{比较大} \end{cases}$$

由梨：“哥哥很爱这样整理呢。明明直接做下去比较快啊！”

我：“稍微停下来整理，可以减少后面的错误哦……接着把 4 换成

n，把‘比较小’中的 3 换成 $n-1$，n 等分后，数学式会变成下面这样。”

n 等分时的长方形面积（比较小的 L_n）

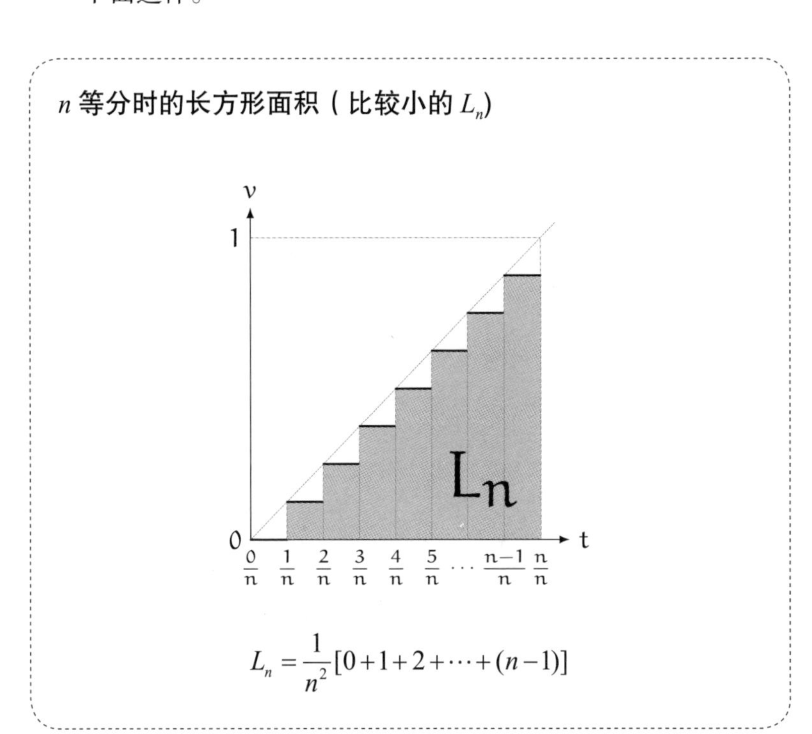

$$L_n = \frac{1}{n^2}[0+1+2+\cdots+(n-1)]$$

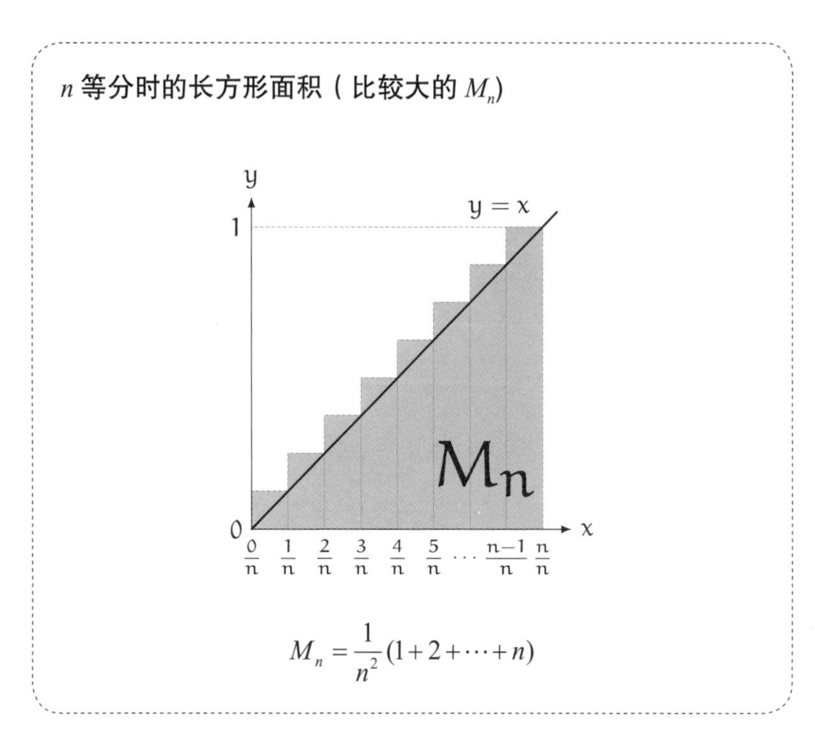

由梨：“原来如此。虽然两个看起来很像，但 $\frac{1}{n^2}$ 后面的乘项不同，分别是从 0 加到 $n-1$ 的和与从 1 加到 n 的和。”

$$\begin{cases} L_n = \frac{1}{n^2}[0+1+2+\cdots+(n-1)] & \text{比较小} \\ M_n = \frac{1}{n^2}(1+2+\cdots+n) & \text{比较大} \end{cases}$$

2.4　求相加的和

我：“对了，你会做‘从 1 加到 N 的和’吗?”

由梨：“N 是指什么?”

我：“令 N 为正整数，则 $N=3$ 的时候，‘从 1 加到 3 的和’会是 $1+2+3=6$。一般化后可以用 N 来表示‘从 1 加到 N 的和’。”

> **习题（从 1 加到 N 的和）**
>
> $$1+2+\cdots+(N-1)+N=?$$
>
> 其中，令 N 为正整数。

由梨：“我会做哦。

$$1+2+\cdots+(N-1)+N$$

加上反过来写的式子

$$N+(N-1)+\cdots+2+1$$

再除以 2！嗯……N 乘上 $(N+1)$ 再除以 2，所以是 $\frac{N(N+1)}{2}$ 吧?”

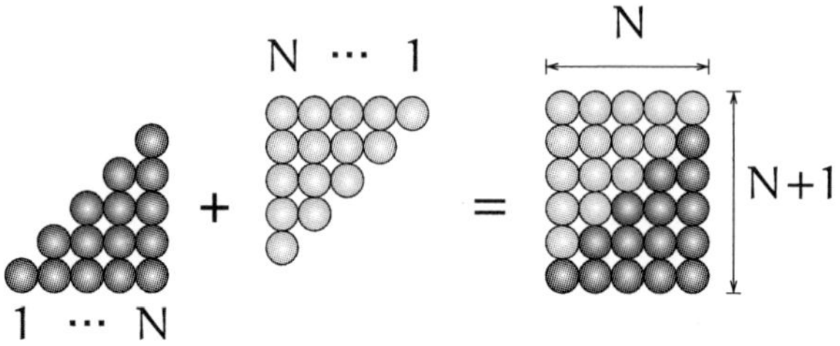

N ··· 1

N

N+1

1 ··· N

我：“很好！”

习题答案（从 1 加到 N 的和）

$$1+2+\cdots+(N-1)+N=\frac{N(N+1)}{2}$$

我：“套用这个公式，就能够求 L_n 和 M_n 哦。L_n 是从 0 加到 $n-1$ 的和，所以将‘从 1 加到 N 的和’代入 $N=n-1$ 就行了。”

$$\begin{aligned}
L_n &= \frac{1}{n^2}[0+1+2+\cdots+(n-1)] && \text{由 } L_n \text{ 得知} \\
&= \frac{1}{n^2}\cdot\frac{(n-1)n}{2} && \text{将 } N=n-1 \text{ 代入上述求和公式} \\
&= \frac{n-1}{2n} && \text{约分整理}
\end{aligned}$$

由梨：“嗯……”

我：“M_n 则是将 $N=n$ 代入上述求和公式。”

$$M_n = \frac{1}{n^2}(1+2+3+\cdots+n) \quad \text{由 } M_n \text{ 得知}$$

$$= \frac{1}{n^2} \cdot \frac{n(n+1)}{2}$$ 将 $N=n$ 代入上述求和公式

$$= \frac{n+1}{2n}$$ 约分整理

由梨：“好的——”

我：“因为想用 n 的式子表示 L_n 和 M_n，所以选择 n 来一般化哦。对 1 以上的任何整数 n，这个不等式皆会成立。”

$$L_n < S < M_n$$

$$\frac{n-1}{2n} < S < \frac{n+1}{2n}$$

由梨：“当 n 越大，‘夹逼定理’的范围会越窄吧？”

我：“没错。这就是夹逼定理的目的。我们来用数学式确认是不是真的变窄了吧。接下来会很有趣哦，将 n 代入较大的数值，求出三角形的面积 S。虽然我们已经知道 $S=\frac{1}{2}$，但还是先……”

由梨：“……还是先装作不知道。”

我：“嗯，没错。现在手边有以 n 表示 L_n 和 M_n 的式子。因为我们想要知道当 n 代入较大的数值时，L_n 和 M_n 会出现什么变化……所以把式子改写成这样。”

$$L_n = \frac{n-1}{2n}$$ 由刚才的结果得知

$$= \frac{n}{2n} - \frac{1}{2n}$$ 拆开分式相减

$$= \frac{1}{2} - \frac{1}{2n} \quad \text{约分整理}$$

$$= \frac{1}{2}\left(1 - \frac{1}{n}\right) \quad \text{提出 } \frac{1}{2} \text{ 整理出 } \frac{1}{n}$$

由梨：“哦？”

我：“其中，整理出 $\frac{1}{n}$ 是此变形的重点。”

由梨：“整理出 $\frac{1}{n}$？”

我：“没错。当 n 非常大时，$\frac{1}{n}$ 会趋近于 0。

n	$\frac{1}{n}$
1	1
10	0.1
100	0.01
1000	0.001
⋮	⋮
10000000000	0.0000000001

例如 n 为 10000000000 时，$\frac{1}{n}$ 会是 0.0000000001。当 n 越来越大时，$\frac{1}{n}$ 会越来越接近 0。换句话说，当 n 非常大时，$1-\frac{1}{n}$ 会非常逼近 1，$L_n = \frac{1}{2}\left(1-\frac{1}{n}\right)$ 会非常逼近 $\frac{1}{2}$，数值只会比 $\frac{1}{2}$ 略小。”

$$L_n = \frac{1}{2}\left(1-\frac{1}{n}\right) < \frac{1}{2}$$

由梨：“啊，$\frac{1}{2}$ 就是三角形的面积嘛！最后真的逼近这个值。那么，M_n 也是相同的情况？”

我：“我们来做做看。”

$$
\begin{aligned}
M_n &= \frac{n+1}{2n} \quad \text{由刚才的结果得知} \\
&= \frac{n}{2n} + \frac{1}{2n} \quad \text{拆开分式相加} \\
&= \frac{1}{2} + \frac{1}{2n} \quad \text{约分整理} \\
&= \frac{1}{2}\left(1 + \frac{1}{n}\right) \quad \text{提出} \frac{1}{2} \text{整理出} \frac{1}{n}
\end{aligned}
$$

由梨：“一样呢！当 n 非常大时，$M_n = \frac{1}{2}\left(1+\frac{1}{n}\right)$ 也会逼近 $\frac{1}{2}$，数值会比 $\frac{1}{2}$ 略大。”

$$M_n = \frac{1}{2}\left(1+\frac{1}{n}\right) > \frac{1}{2}$$

我：“没错。分割成 n 等份讨论面积时，

$$L_n < S < M_n$$

‘夹逼定理’的不等式会成立。然后，当 n 越来越大时，L_n 会非常逼近 $\frac{1}{2}$，M_n 也会非常逼近 $\frac{1}{2}$。换句话说，三角形的面积 $S = \frac{1}{2}$！”

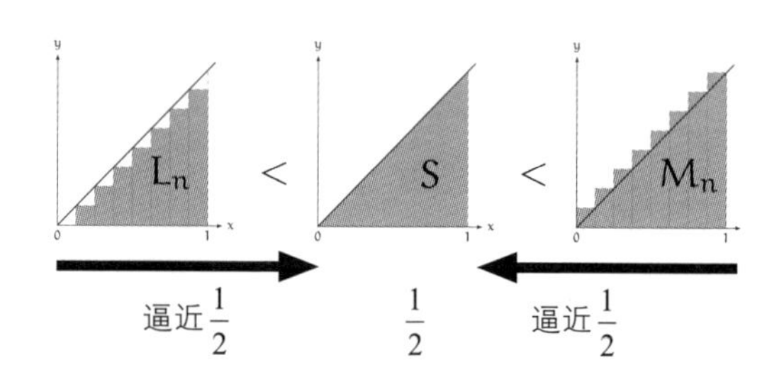

利用“夹逼定理”，逐渐加大 n 来求 S

由梨：“等一下！质疑！”

我：“又不是在玩扑克牌的吹牛……你想要质疑什么？”

2.5 由梨的质疑

由梨：“哥哥，你是骗不过由梨的法眼的。当 n 越来越大时，L_n 和 M_n 的确会越来越逼近 $\frac{1}{2}$，但到底只是‘逼近’ $\frac{1}{2}$ 不是吗？不论 n 再怎么大，也不会‘等于’ $\frac{1}{2}$ 吧。不过，关键就在这里吧？”

我：“没错，如同你所说的！这是极限的关键之处。”

由梨：“那你就快点反驳我的质疑啊！”

我：“我要反驳什么？”

由梨：“还装傻……你不是要用极限反驳‘不论 n 再怎么大，L_n 和 M_n 都只是接近 $\frac{1}{2}$，而不会等于 $\frac{1}{2}$’吗？”

我：“没有哦。我没有要反驳，也反驳不了。因为你所说的并没有错，‘不论 n 再怎么大，L_n 和 M_n 都只是逼近 $\frac{1}{2}$，而不会等于 $\frac{1}{2}$，’讲得很正确。”

由梨：“哈？这样我们怎么能说 $S=\frac{1}{2}$？”

我：“可以哦。”

由梨：“哇——我不明白。不论 n 再怎么大，都只是逼近而已，L_n、S 和 M_n 之间还是有空隙啊！”

我：“不论 n 再怎么大，空隙一直都存在哦。”

由梨：“什么跟什么啊！”

我：“这是极限的重点，我们确认一下吧。

- 任何 n 值皆满足 $L_n<S<M_n$。
- 当 n 越来越大时，L_n 会非常逼近 $\frac{1}{2}$。
- 当 n 越来越大时，M_n 会非常逼近 $\frac{1}{2}$。

此时我们就能说——

$$S=\frac{1}{2}$$”

由梨：“咦……我不服！”

2.6 逼近极限

我：“那么，现在来证明 $S=\frac{1}{2}$ 吧。假设 S ‘不等于’ $\frac{1}{2}$ 的话，最后

会出现矛盾。”

由梨：“假设 S 不等于 $\frac{1}{2}$ 的话，最后会出现矛盾，是吗？”

我：“假设‘S 不等于 $\frac{1}{2}$’，也就是说，

- S 比 $\frac{1}{2}$ 还大
- S 比 $\frac{1}{2}$ 还小

应该会出现其中一种情况才对吧。”

由梨：“是这样……没错。”

我：“若是 $S \neq \frac{1}{2}$ 的话，则 $S > \frac{1}{2}$ 或者 $S < \frac{1}{2}$。那么，先假定 $S > \frac{1}{2}$ 吧。此时，因为 S 比 $\frac{1}{2}$ 还大，可以写成这样的形式：

$$S = \frac{1}{2} + \varepsilon \ (\varepsilon > 0)$$

虽然不知道 ε 的具体数值，但这样就能够把 $S > \frac{1}{2}$ 的不等式写成 $S = \frac{1}{2} + \varepsilon$ 的等式。”

由梨：“这个 ε 可以是 0.1 吗？”

我：“可以哦。我们举例来说，ε 也有可能是 0.00000000000000000001，但不会是 0。ε 是比 0 还要大的数，也就是正的常数。”

由梨：“好的。”

我：“这样做之后，来看看能得出什么结论吧。当 n 越来越大，也就是增加分割的个数时，$\frac{1}{n}$ 可以极为逼近 0，能够比 0.1 还

要逼近 0，也能够比 0.0000000000000000001 更逼近 0。”

由梨：“$\frac{1}{n}$ 能够非常逼近 0。”

我：“没错。换句话说，当 n 足够大时，n 满足这个不等式：

$$\frac{1}{n} < \varepsilon$$”

由梨：“对哦。因为 $\frac{1}{n}$ 能够非常逼近 0！”

我：“选择足够大的 n，则满足

$$\frac{1}{n} < \varepsilon$$

因为 $\frac{1}{2n}$ 比 $\frac{1}{n}$ 还要小，所以

$$\frac{1}{2n} < \varepsilon$$

两边同加上 $\frac{1}{2}$，则

$$\frac{1}{2} + \frac{1}{2n} < \frac{1}{2} + \varepsilon$$

左边把 $\frac{1}{2}$ 提出来，

$$\frac{1}{2}\left(1 + \frac{1}{n}\right) < \frac{1}{2} + \varepsilon$$

不就会变成这样吗？”

由梨：“是啊。”

我：“而这个不等式的左边是 M_n，右边是三角形的面积 S。也就

是说，

$$\underbrace{\frac{1}{2}\left(1+\frac{1}{n}\right)}_{M_n}<\underbrace{\frac{1}{2}+\varepsilon}_{S}$$

会成立。

$$M_n < S$$

所以，当 n 足够大时，M_n 会小于 S——”

由梨：“咦？

$$S < M_n$$

不是应该这样吗？”

我：“没错。照理来说，任何 n 都应该会是 $S<M_n$ 才对，但随着 n 越来越大，最后却变成 $M_n<S$。也就是说，

$$M_n < S \text{和} S < M_n$$

存在 n 值满足这两个不等式。这是矛盾的情况。”

由梨：“嗯……为什么？”

我：“因为我们前面先假设了‘三角形的面积 S 大于 $\frac{1}{2}$’。反过来假设‘三角形的面积 S 小于 $\frac{1}{2}$’时，同样也会发生矛盾。也就是说，

$$L_n < S \text{ 和 } S < L_n$$

存在 n 满足这两个不等式。这也是矛盾的情况。”

由梨：“……”

我：“不论假设 S 是‘大于’还是‘小于’ $\frac{1}{2}$，结果都会发生矛盾。换句话说，

- 三角形的面积 S 不大于 $\frac{1}{2}$。
- 三角形的面积 S 不小于 $\frac{1}{2}$。

结果证明

- 三角形的面积 S 等于 $\frac{1}{2}$。

也就是

$$S = \frac{1}{2}$$”

由梨：“嗯……”

我：“我们现在分割成更多个长方形，利用‘夹逼定理’求三角形的面积。以 L_n 和 M_n ‘夹挤’ S，逐渐加大 n 值使极限值为面积。这个方法称为区分求积法。”

用区分求积法求面积 S 的步骤

- 假设我们打算计算面积 S。
- 先找出 L_n 和 M_n，使得任何 n 皆满足不等式

$$L_n < S < M_n$$

- 当 n 越来越大时，L_n 和 M_n 能够不断逼近 $\frac{1}{2}$。
- 此时，

$$S = \frac{1}{2}$$

可以知道面积 S 的值。

2.7 “速度图”的面积

我：“讲到这里，已经能够回答你的问题了。”

由梨：“我的问题？”

我：“在吃点心之前，你不是有问：速度发生变化时，‘速度图’的面积会是‘位置变化’吗？（第 26 页）”

由梨：“啊，好像是呢？我忘记了。”

我：“前面的‘夹逼定理’就是这样哦。假设‘速度图’像 L_n 一样呈现阶梯状，而直线上有一动点。虽然可能容易搞混，但

这个点的名字也取为 L_n。这样一来，面积 L_n 会相当于 L_n 移动时的‘位置变化’。”

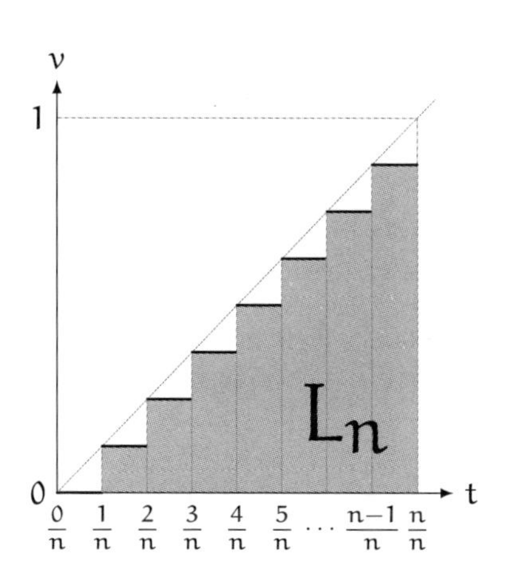

点 L_n 速度呈阶梯状变化的“速度图”

由梨：“咦？等等，点 L_n 的速度像是阶梯一样层层增加吗？”

我：“是的。当 $t=\frac{1}{n}$，$\frac{2}{n}$，$\frac{3}{n}$，…，$\frac{n-1}{n}$ 时，速度会阶段性切换，但除了切换时以外，速度皆为固定。此时，‘位置变化’会是面积的总和 L_n，只是长方形的面积相加而已。”

由梨：“啊……对哦。然后呢？”

我：“假设另一点 S 跟 L_n 不同，速度跟时间成正比，则点 L_n 的速度总是小于点 S 的速度。”

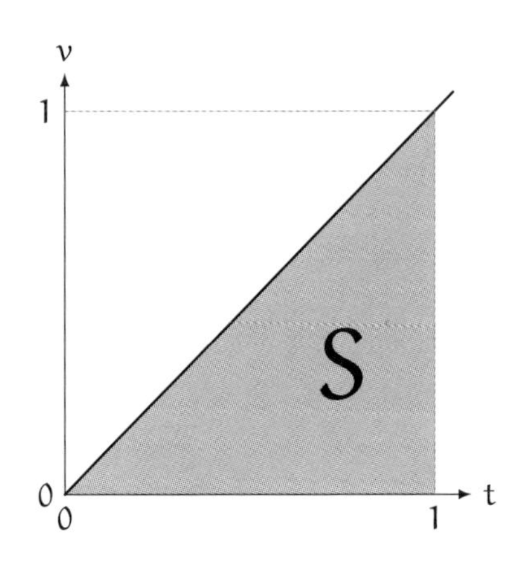

点 S 的速度与时间成正比的“速度图”

由梨：“因为点 S 的‘速度图’比较高？”

我：“没错。那么，这次来比较‘位置变化’吧。点 S 的速度总是比较大，‘位置变化’应该也会是点 S 比较大哦。”

由梨：“因为速度快能够到达比较远的地方吧。”

我：“是的。同样的做法，接着讨论点 M_n 的情况。”

由梨：“我懂了！然后再用‘夹逼定理’！”

我：“没错。利用 L_n 和 M_n ‘夹挤’S，再逐渐加大 n 讨论极限。点 S 的‘位置变化’会落在 L_n 和 M_n 之间。然后，当 n 足够大时，L_n 和 M_n 的极限值会相等。因此，‘夹逼定理’做出来的结果面积 S 会等于点 S 的‘位置变化’。”

由梨：“真有趣！所以，速度发生变化时，‘速度图’的面积会是‘位置变化’。”

我：“就是这么回事。使用‘夹逼定理’求‘速度图’的面积，可以直接想成求‘位置变化’。你懂了吗？”

由梨：“我懂了！”

我：“然后，像这样求面积的做法就是积分哦。”

由梨：“这是积分！”

我：“是的。我们刚才是在求‘$y=x$ 在 $0 \leqslant x \leqslant 1$ 范围的图形面积’。”

由梨：“嗯。面积是 $\frac{1}{2}$。”

我：“这也可以说成‘关于 x 的函数 $y=x$ 在 $0 \leqslant x \leqslant 1$ 范围的积分结果为 $\frac{1}{2}$’。”

由梨：“竟然可以用积分来求面积！”

我：“不只有面积而已。长度、面积和体积等，都可以用积分来计算。”

由梨：“这么万能！”

2.8　抛物线

我：“不过，话说回来，用积分来求三角形的面积，实在没有什么特别的。我们早就知道实际的面积了。”

由梨：“干吗现在才提这个。”

我：“所以，这次来讨论抛物线 $y=x^2$ 所围成的图形。这和三角形不同，没有办法马上知道面积。我们来看看是不是真的能用区分求积法求出面积吧。也就是，先用长方形切割图形，再套用夹逼定理。”

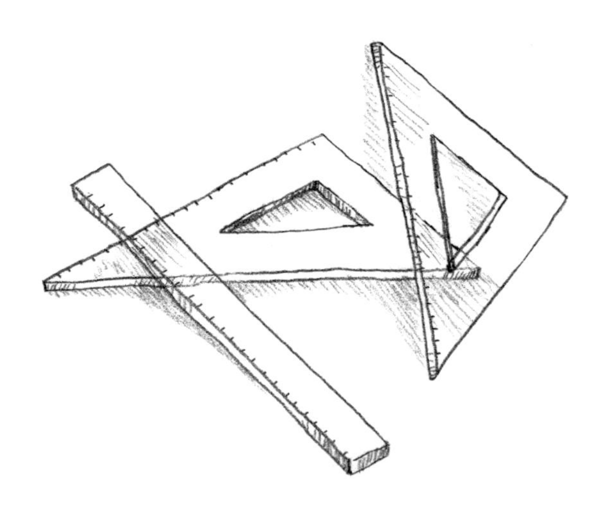

问题 2（区分求积法）

试用区分求积法求面积 S。

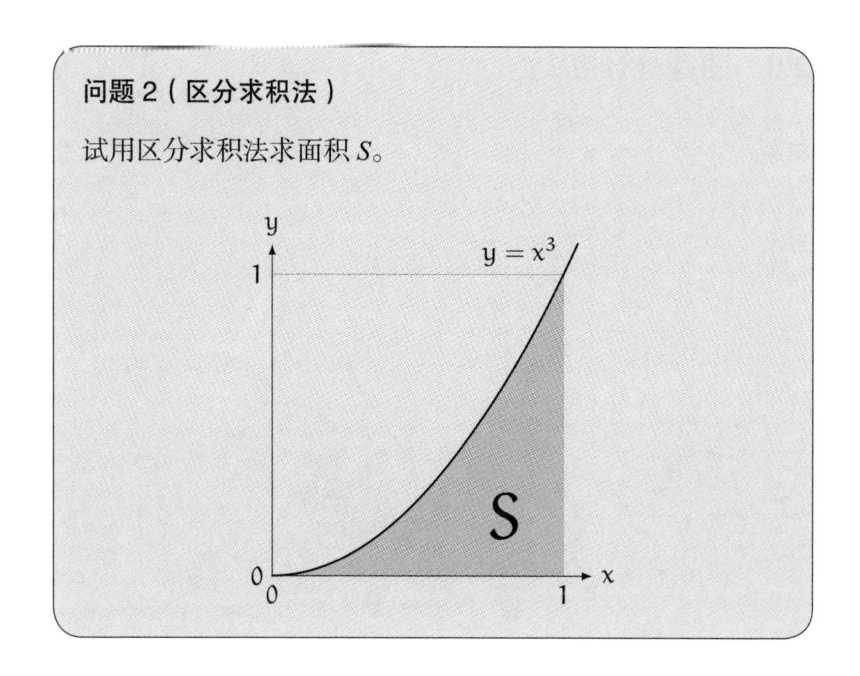

由梨：“哦！这个能够求面积吗？靠近 0 的地方很微妙，后半段却咻地往上冲。”

我：“大概可以。”

由梨：“好！那就动手算吧！先将抛物线 n 等分，再逐渐加大 n 吗？嗯……”

我：“不对，你先等一下。回想一下前面三角形时的做法，一步一步慢慢来。”

由梨：“做法不是一样吗？”

我：“别突然就 n 等分，先从四等分开始做吧。”

2.9 四等分计算 L_4

由梨：“四等分 $y=x^2$ 下面的区块……所以像是下面的图形吗？”

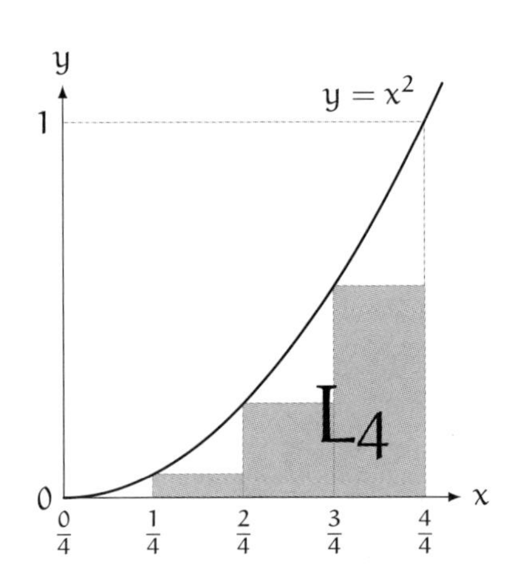

我：“是的。这里有四个长方形……”

由梨：“跟前面的情形一样哦！最左边长方形的高是 0，所以看不到它嘛。”

我：“是的。你有看出四个长方形的高吗？左边长方形的高是 0。”

由梨：“嗯……看出来了。这个图形是 $y=x^2$，把 x 值平方就可以了，所以是 $\frac{0}{16}$，$\frac{1}{16}$，$\frac{4}{16}$，$\frac{9}{16}$ 吗？”

我：“你全都算出来了，但长方形的高像下面这样写比较好。”

$$\frac{0^2}{4^2},\ \frac{1^2}{4^2},\ \frac{2^2}{4^2},\ \frac{3^2}{4^2}$$

由梨：“最后不是都要算出来吗？啊！就是前面讲的‘不要计算’？”

我："对，反正最后都是要 n 等分，所以先这样列出式子哦。"

由梨："嗯嗯。"

我："刚才的是长方形的高。那么，长方形的宽呢？"

由梨："因为是四等分，所以是 $\frac{1}{4}$。"

我："没错。这样就能列出 L_4 的数学式。"

$$
\begin{aligned}
L_4 &= \frac{1}{4}\times\frac{0^2}{4^2}+\frac{1}{4}\times\frac{1^2}{4^2}+\frac{1}{4}\times\frac{2^2}{4^2}+\frac{1}{4}\times\frac{3^2}{4^2} \\
&= \frac{1}{4^3}(0^2+1^2+2^2+3^2)
\end{aligned}
$$

2.10　四等分计算 M_4

由梨："M_4 也能马上做出来，做法跟刚才一样。"

我："嗯。虽然做法相同，但高和计算 L_4 时的不同，这边需要注意一下。"

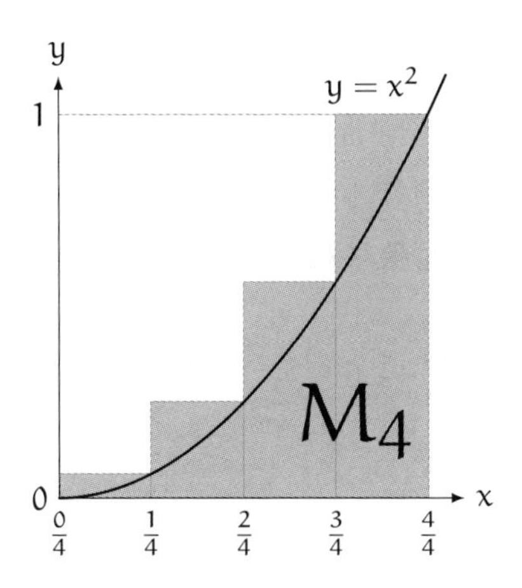

$$
\begin{aligned}
M_4 &= \frac{1}{4}\times\frac{1^2}{4^2}+\frac{1}{4}\times\frac{2^2}{4^2}+\frac{1}{4}\times\frac{3^2}{4^2}+\frac{1}{4}\times\frac{4^2}{4^2} \\
&= \frac{1}{4^3}(1^2+2^2+3^2+4^2)
\end{aligned}
$$

2.11 *n* 等分

我：“这样一来，L_4 和 M_4 都做出来了。那么，先来整理一下吧。”

四等分时的长方形面积总和 ($y=x^2$)

$$
\begin{cases}
L_4 = \dfrac{1}{4^3}(0^2+1^2+2^2+3^2) & \text{比较小} \\
M_4 = \dfrac{1}{4^3}(1^2+2^2+3^2+4^2) & \text{比较大}
\end{cases}
$$

由梨：“原来如此……像这样整理好，马上能够知道哪边要换成 n 了！”

我：“是的。”

n 等分时的长方形面积总和 ($y=x^2$)

$$
\begin{cases}
L_n = \dfrac{1}{n^3}[0^2+1^2+2^2+\cdots+(n-1)^2] & \text{比较小} \\
M_n = \dfrac{1}{n^3}(1^2+2^2+3^2+\cdots+n^2) & \text{比较大}
\end{cases}
$$

2.12　计算平方和

由梨：“啊——做出来了。”

我：“还没，接下来才是问题哦。上面出现的

$$1^2+2^2+\cdots+(n-1)^2$$

和

$$1^2+2^2+\cdots+n^2$$

你要怎么计算？”

由梨：“前面不是求过了吗？”

我：“前面求的是

$$1+2+\cdots+(N-1)+N=\frac{N(N+1)}{2}$$

但这次求的是

$$1^2+2^2+\cdots+(N-1)^2+N^2=?$$

要计算平方和哦。”

由梨：“平方和……这该怎么计算？”

我：“嗯。平方和的求法有很多种，例如

$$(N+1)^3=N^3+3N^2+3N+1$$

利用展开公式来计算。”

由梨：“等等。这边是要求平方和，怎么会用到三次方的展开公式？”

我：“这个数学式变形后，会很有意思哦。将展开式的 N^3 移项到左边，式子会变成：

$$(N+1)^3 - N^3 = 3N^2 + 3N + 1$$

留意式子中 N^2 的部分！”

由梨：“哥哥，你看起来很高兴呢。”

我：“我们想要求的是 1, 2, 3, …, N 的平方和，所以直接代入展开公式的 N 吧。”

$$\begin{array}{ccccccccc}
2^3 & - & 1^3 & = & 3\cdot1^2 & + & 3\cdot1 & + & 1 \\
3^3 & - & 2^3 & = & 3\cdot2^2 & + & 3\cdot2 & + & 1 \\
4^3 & - & 3^3 & = & 3\cdot3^2 & + & 3\cdot3 & + & 1 \\
 & & & \vdots & & & & & \\
(N+1)^3 & - & N^3 & = & 3\cdot N^2 & + & 3\cdot N & + & 1
\end{array}$$

由梨：“嗯嗯！ 1^2, 2^2, 3^2, …, N^2 排成一纵列？”

我：“没错。将这 N 个式子相加在一起，右边就会出现想要的平方和，左边可以消去许多项！”

$$
\begin{array}{rcrclclcl}
2^3 & - & 1^3 & = & 3\cdot 1^2 & + & 3\cdot 1 & + & 1 \\
3^3 & - & 2^3 & = & 3\cdot 2^2 & + & 3\cdot 2 & + & 1 \\
4^3 & - & 3^3 & = & 3\cdot 3^2 & + & 3\cdot 3 & + & 1 \\
 & & \vdots & & & & & & \\
(+)\ (N+1)^3 & - & N^3 & = & 3\cdot N^2 & + & 3\cdot N & + & 1 \\
\hline
(N+1)^3 & - & 1^3 & = & 3\cdot\sum_{k=1}^{N}k^2 & + & 3\cdot\sum_{k=1}^{N}k & + & \sum_{k=1}^{N}1
\end{array}
$$

由梨：“哦哦！咦？”

我：“$\sum$ 是表示累加求和的数学符号哦。

$$\sum_{k=1}^{N}k^2 = 1^2+2^2+3^2+\cdots+N^2$$

$$\sum_{k=1}^{N}k = 1+2+3+\cdots+N = \frac{N(N+1)}{2}$$

$$\sum_{k=1}^{N}1 = 1+1+1+\cdots+1 = N$$

我们想要知道的是平方和，所以要求 $\sum_{k=1}^{N}k^2$。因为其他项都已经知道，所以可以移项成 $\sum_{k=1}^{N}k^2=\cdots$ 的形式。”

$$(N+1)^3-1^3 = 3\cdot\sum_{k=1}^{N}k^2+3\cdot\sum_{k=1}^{N}k+N$$

$$(N+1)^3-1^3 = 3\cdot\sum_{k=1}^{N}k^2+3\cdot\frac{N(N+1)}{2}+N$$

$$3\cdot\sum_{k=1}^{N}k^2 = (N+1)^3-1-3\cdot\frac{N(N+1)}{2}-N$$

$$
\begin{aligned}
6\cdot\sum_{k=1}^{N}k^2 &= 2(N+1)^3-2-3N(N+1)-2N \\
&= 2(N^3+3N^2+3N+1)-2-3N^2-3N-2N \\
&= 2N^3+6N^2+6N+2-2-3N^2-3N-2N \\
&= 2N^3+3N^2+N \\
&= N(2N^2+3N+1) \\
&= N(N+1)(2N+1) \\
\sum_{k=1}^{N}k^2 &= \frac{N(N+1)(2N+1)}{6}
\end{aligned}
$$

由梨：“好复杂哦……”

我：“不过，这样就能够得到我们想要的平方和了。”

$$
1^2+2^2+3^2+\cdots+N^2=\frac{N(N+1)(2N+1)}{6}
$$

由梨：“哇！”

我：“接下来，终于能把 L_n 和 M_n 写成 n 的数学式。”

$$L_n = \frac{1}{n^3}[0^2 + 1^2 + 2^2 + \cdots + (n-1)^2]$$
$$= \frac{1}{n^3} \cdot \frac{(n-1)(n-1+1)[2(n-1)+1]}{6}$$
$$= \frac{(n-1)(n+0)(2n-1)}{6n^3}$$
$$= \frac{n(n-1)(2n-1)}{6n^3}$$

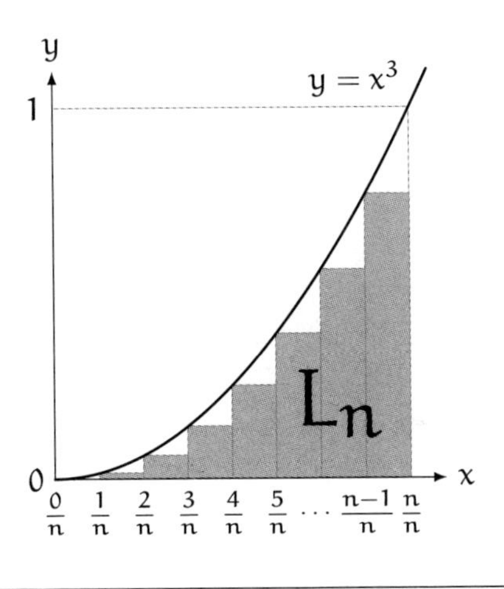

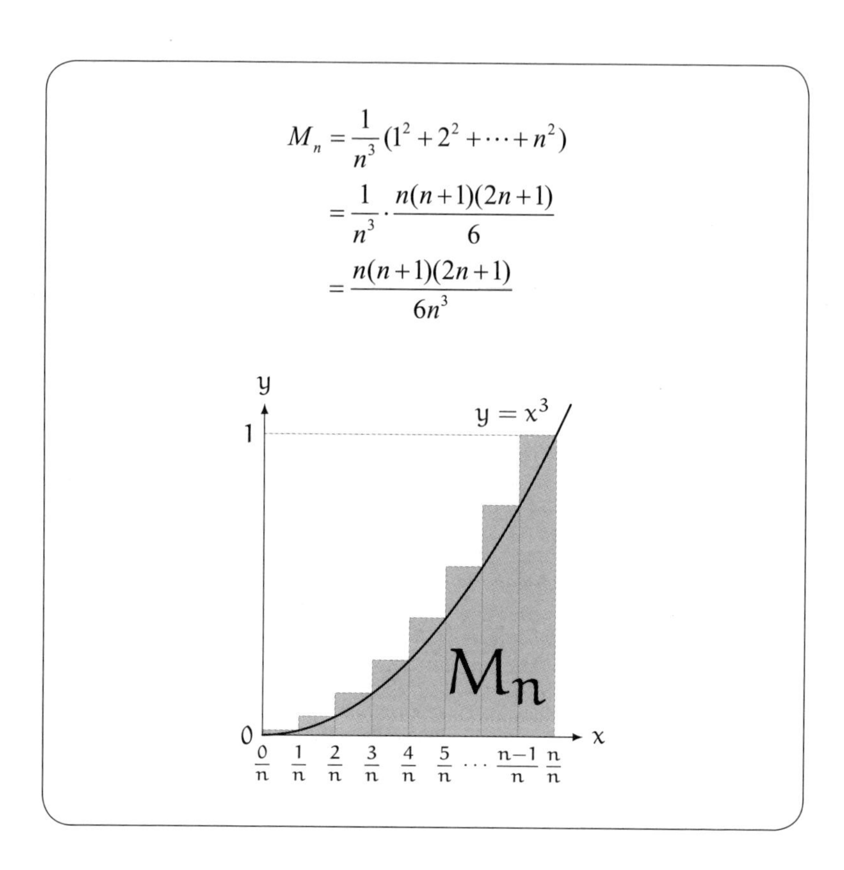

$$
\begin{aligned}
M_n &= \frac{1}{n^3}(1^2 + 2^2 + \cdots + n^2) \\
&= \frac{1}{n^3} \cdot \frac{n(n+1)(2n+1)}{6} \\
&= \frac{n(n+1)(2n+1)}{6n^3}
\end{aligned}
$$

2.13 “夹逼定理”

由梨：“变得非常复杂，真的没问题吗？”

$$
\begin{cases}
L_n = \dfrac{n(n-1)(2n-1)}{6n^3} \\
M_n = \dfrac{n(n+1)(2n+1)}{6n^3}
\end{cases}
$$

我："没问题哦。剩下只要用到'夹逼定理'而已。令抛物线下的面积为 S，则下面这个不等式会成立。"

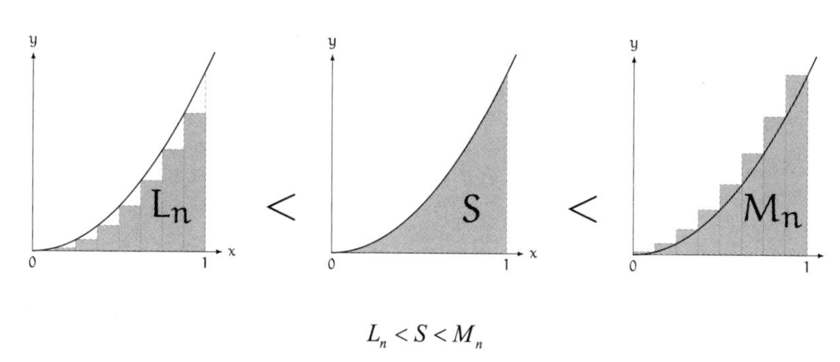

$L_n < S < M_n$

由梨："嗯……接着逐渐加大 n 值。但是，这么复杂的式子，当 n 越来越大时，会不知道 L_n 和 M_n 接近哪个数值吧。"

我："嗯……光看这个式子，可能看不出来吧。所以，这边需要配合目的来变形数学式。"

由梨："哥哥的拿手绝活不就是数学式的变形吗？人称数学式的魔幻师……魔法师……'数学式的戏法师'！"

我："你是要说'数学式的魔术师'吧？"

由梨："别计较这些小事，赶快继续下去吧。"

我："我们想要知道，当 n 越来越大时，L_n 和 M_n 会变得如何？这里采取的方法是整理出 $\frac{1}{n}$。因为当 n 越来越大时，$\frac{1}{n}$ 会更加逼近 0。"

由梨："啊，这是前面做过的事情。"

我："没错。仔细观察分子分母，整理出 $\frac{1}{n}$ 吧！"

$$
\begin{aligned}
L_n &= \frac{n(n-1)(2n-1)}{6n^3} \\
&= \frac{1}{6}\cdot\frac{n}{n}\cdot\frac{n-1}{n}\cdot\frac{2n-1}{n} && \text{拆开分式相乘} \\
&= \frac{1}{6}\cdot\frac{n}{n}\cdot\left(\frac{n}{n}-\frac{1}{n}\right)\cdot\left(\frac{2n}{n}-\frac{1}{n}\right) && \text{拆成相减的形式} \\
&= \frac{1}{6}\cdot 1\cdot\left(1-\frac{1}{n}\right)\cdot\left(2-\frac{1}{n}\right) && \text{整理出 } \frac{1}{n} \\
&= \frac{1}{6}\left(1-\frac{1}{n}\right)\left(2-\frac{1}{n}\right)
\end{aligned}
$$

由梨："原来如此。不愧是魔术师。"

我："咦？光靠这个式子就懂了？"

由梨："当然啊！因为 n 足够大时，$\frac{1}{n}$ 会逼近 0，所以 $1-\frac{1}{n}$ 会接近 1，$2-\frac{1}{n}$ 会逼近 2……以此类推嘛！"

$$
L_n = \frac{1}{6}\underbrace{\left(1-\frac{1}{n}\right)}_{\to 1}\underbrace{\left(2-\frac{1}{n}\right)}_{\to 2}
$$

我："是的。所以，当 n 越来越大时，L_n 能够不断逼近 $\frac{1}{6}\cdot 1\cdot 2=\frac{1}{3}$。"

由梨："接着，M_n 也如法炮制？"

我："没错。整理出 $\frac{1}{n}$ 吧！"

$$
\begin{aligned}
M_n &= \frac{n(n+1)(2n+1)}{6n^3} \\
&= \frac{1}{6}\cdot\frac{n}{n}\cdot\frac{n+1}{n}\cdot\frac{2n+1}{n} && \text{拆开分式相乘} \\
&= \frac{1}{6}\cdot 1\left(1+\frac{1}{n}\right)\cdot\left(2+\frac{1}{n}\right) && \text{整理出}\ \frac{1}{n} \\
&= \frac{1}{6}\left(1+\frac{1}{n}\right)\left(2+\frac{1}{n}\right)
\end{aligned}
$$

由梨：“啊，L_n 和 M_n 中间的运算符号有点不一样。”

$$
\begin{cases}
L_n = \dfrac{1}{6}\left(1-\dfrac{1}{n}\right)\left(2-\dfrac{1}{n}\right) \\
M_n = \dfrac{1}{6}\left(1+\dfrac{1}{n}\right)\left(2+\dfrac{1}{n}\right)
\end{cases}
$$

我：“当 n 越来越大时，L_n 和 M_n 都会不断逼近 $\frac{1}{3}$。换句话说，$S=\frac{1}{3}$。”

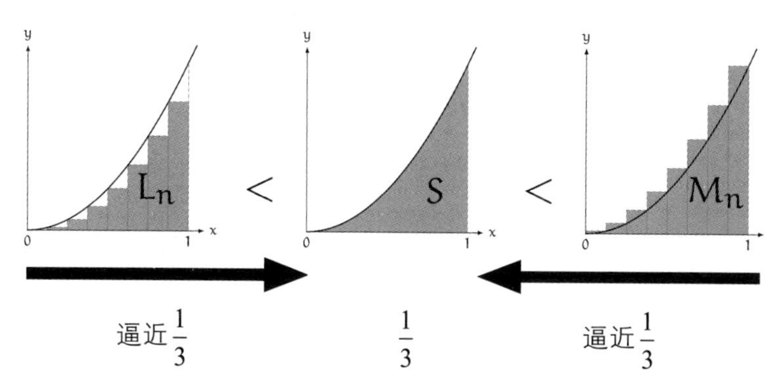

利用“夹逼定理”求 S

由梨：“……”

我：“这样就求出答案了。”

解答 2（区分求积法）

利用区分求积法求面积 S，可得

$$S=\frac{1}{3}$$

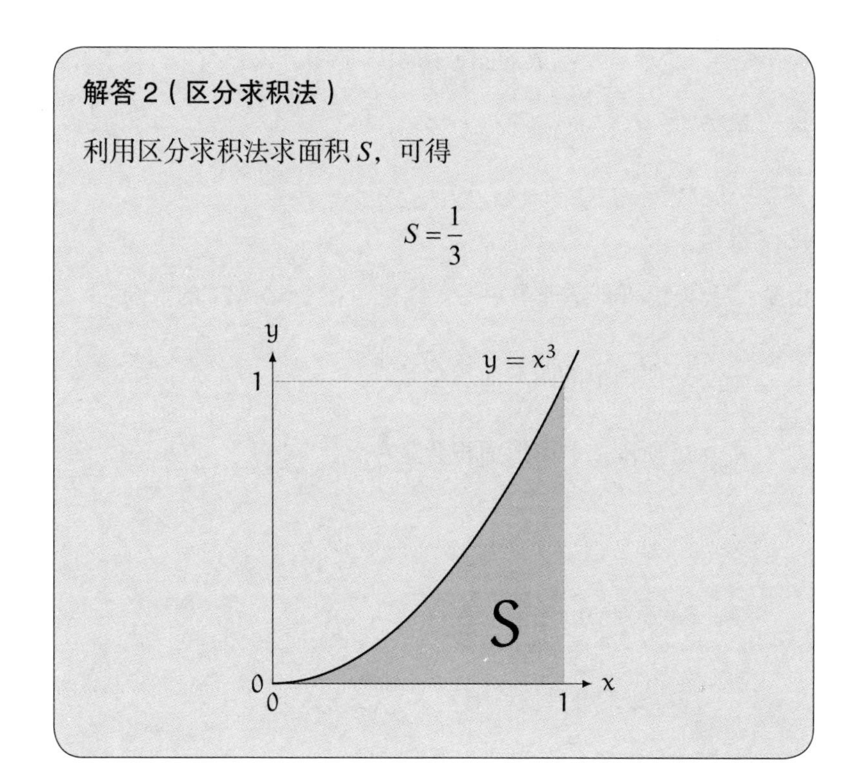

由梨：“……”

我：“又要‘质疑’吗？”

由梨：“不是啦。我发现一件事！”

2.14　由梨的发现

我：“发现？”

由梨：“从 0 到 1 的三角形和抛物线，‘$y=x$ 所围成的三角形面积’

是$\frac{1}{2}$，‘$y=x^2$ 所围成的图形面积’是$\frac{1}{3}$。”

我：“是啊。”

由梨：“x 是 x^1 吗？”

我：“没错。”

由梨：“我模仿哥哥整理了一下！结果，在 $0 \leqslant x \leqslant 1$ 的范围

- $y=x^1$ 所围成的图形面积会是$\frac{1}{2}$。
- $y=x^2$ 所围成的图形面积会是$\frac{1}{3}$。

所以……

- $y=x^n$ 所围成的图形面积会是$\frac{1}{n+1}$。

……规律该不会是这样吧？”

我：“由梨，真敏锐！你的推测没有错哦。”

由梨：“果然！”

我：“准确来说吧。在 $0 \leqslant x \leqslant 1$ 的区间，$y=x^n$ 所围成的图形面积会是$\frac{1}{n+1}$。就跟你说的一样。啊，当然，n 是大于 1 的整数。”

由梨：“质疑！ n 不是大于 1 的整数，而是大于 0 的整数吧？”

我：“$n=0$ 时……哦哦，没错！把 x^0 看作 1 的话，$y=x^0$ 和 x 轴所围成的图形，会是边长为 1 的正方形。图形的面积的确是$\frac{1}{0+1}=1$！”

由梨："对吧！"

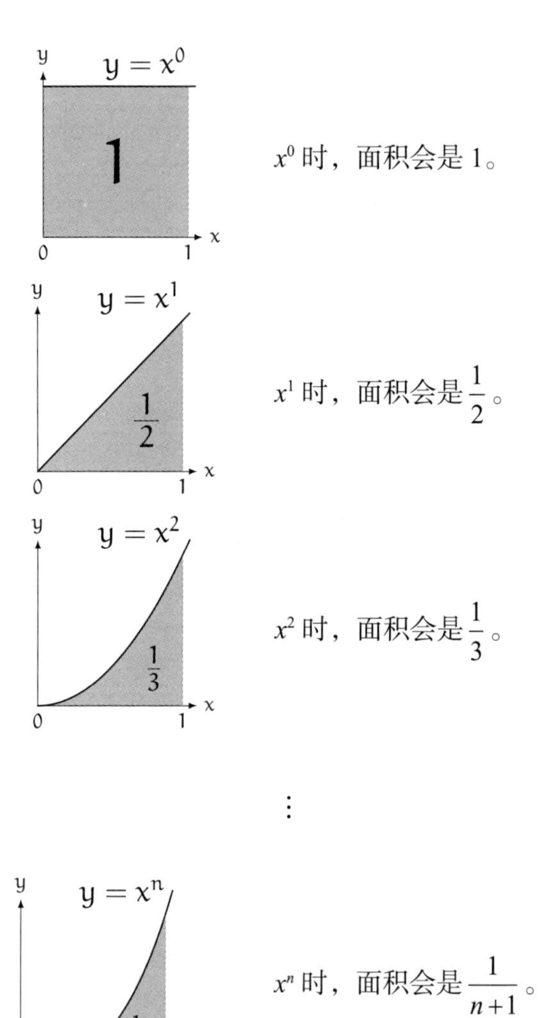

“这是调查后才知道的事情，还是之前就已经制定好的规则？”

第 2 章的问题

●**问题 2-1（区分求积法）**

在 $0 \leqslant x \leqslant 1$ 的范围，试用区分求积法计算 $y=x^3$ 与 x 轴所围成的图形面积 S。

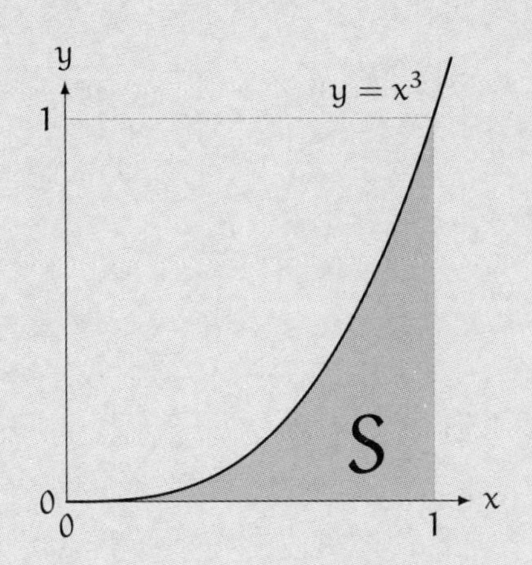

提示：对任意正整数 N，

$$1^3+2^3+\cdots+N^3=\frac{N^2(N+1)^2}{4}$$

皆成立。

（解答在第 222 页）

●问题 2-2（“夹逼定理”与极限）

两个数列 $\langle a_n \rangle$ 和 $\langle b_n \rangle$ 如下所示。

$$
\begin{array}{cc}
a_1 = 0.9 & b_1 = 1.1 \\
a_2 = 0.99 & b_2 = 1.01 \\
a_3 = 0.999 & b_3 = 1.001 \\
\vdots & \vdots \\
a_n = 1 - \dfrac{1}{10^n} & b_n = 1 + \dfrac{1}{10^n} \\
\vdots & \vdots
\end{array}
$$

假设某一实数 r，对任意正整数 n，

$$a_n < r < b_n$$

皆成立。试证此时

$$r = 1$$

（解答在第 225 页）

第 3 章

微积分的基本定理

“那是定义？还是定理？”

3.1 图书室

放学后，我和蒂蒂在学校的图书室里讨论利用区分求积法求图形面积。

我：“……我前几天和由梨一起做了这样的计算。虽然有些复杂，但区分求积法确实可以计算面积，真的很有意思哦！”

蒂蒂：“由梨好厉害哦，什么都能够马上掌握。没想到她也学会了区分求积法！”

蒂蒂眨着大大的眼睛这么说。她是比我小一届的学妹，留着一头俏丽短发，个性活泼开朗。

我：“区分求积法只是听起来很难，其实非常容易理解哦！”

蒂蒂：“这样还是很厉害啊！咦，但是……”

蒂蒂话说到一半就停了下来。她微歪着头想了一想，继续说下去。

蒂蒂："那个，学长提到 $1^2+2^2+3^2+\cdots+n^2$ 的计算，利用平方和来求极限值……但如果每次都要这样计算的话，利用区分求积法来求面积还是很困难，不是吗？"

我："是这样没错。但因为'积分是微分的逆运算'，所以若能反过来找到微分之前的原函数，就能够知道面积哦。"

蒂蒂："积分是微分的逆运算……"

我："因为先积分再微分，就会变回原状。"

蒂蒂："咦，奇怪……越来越混乱了。我们是在讲用积分求面积吗？"

我："对，没错哦。不只有面积，长度、体积都可以用积分来求。"

蒂蒂："利用积分求具体的面积，比如求 $\frac{1}{2}$ 的微分，结果不就是 0 吗？因为常数的微分是 0。这样的话，为什么能够说'积分是微分的逆运算'？"

我："啊，常数 $\frac{1}{2}$ 微分后的确会变成 0，但这里不是对常数微分，而是对表示面积的函数微分。我前面应该说明清楚才对。那么，接下来就来依次说明积分和微分会互为逆运算吧。"

蒂蒂："好的！"

3.2 这是什么函数

我："举例来说，我和由梨想求 $y=x$ 在 $0 \leqslant x \leqslant 1$ 范围所围成的图形面积。"

蒂蒂："嗯，这个我知道，是等腰直角三角形嘛。"

我："在区间 [0, 1]……也就是 $0 \leqslant x \leqslant 1$ 的范围，三角形的面积会是 $\frac{1}{2}$"。

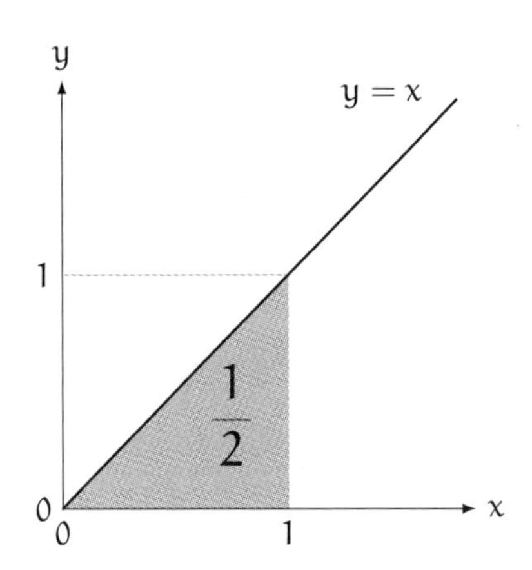

在区间 [0, 1]，三角形的面积是 $\frac{1}{2}$

蒂蒂："是啊。"

我："不过，区间右端未必是 1，也可能是变量 a，求在区间 $[0, a]$ 三角形的面积。"

蒂蒂："嗯……面积会是 $\frac{a^2}{2}$。"

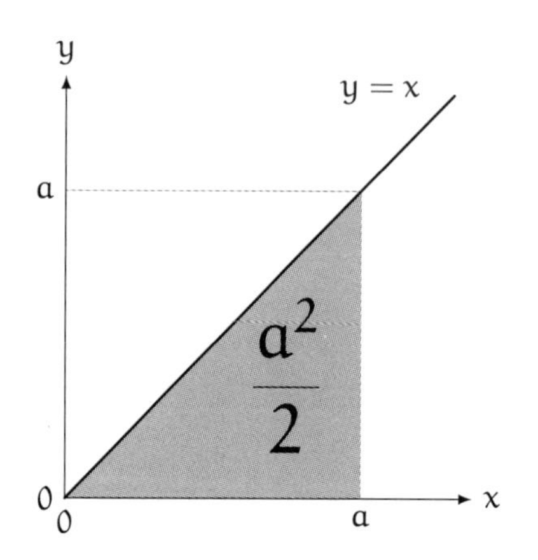

在区间 [0, a]，三角形的面积是 $\frac{a^2}{2}$

我："这样的话，三角形的面积可以说是'a 的函数'，蒂蒂。"

蒂蒂："a 的函数……"

我："只要将一个具体的数值代入 a，就能决定出一个三角形的面积。函数就是这样的关系。"

蒂蒂："啊，对哦。a=1 的话，面积会是 $\frac{a^2}{2}=\frac{1}{2}$；$a$=2 的话，面积会是 $\frac{a^2}{2}=2$……那个，学长。这样不是又变得更困难了吗？"

我："嗯，没事的。目前还没有出现困难的地方哦！ y=x 在区间 [0, a] 所围成的三角形面积会是 $\frac{a^2}{2}$。当 a 越来越大时，面积也会跟着变大。将三角形的面积当作 a 的函数来作图，函数 $y=\frac{a^2}{2}$ 的图像会呈现为抛物线。"

蒂蒂："嗯，这我了解。a=1 时 $y=\frac{1}{2}$；a=2 时 y=2……形成这样的曲线图。"

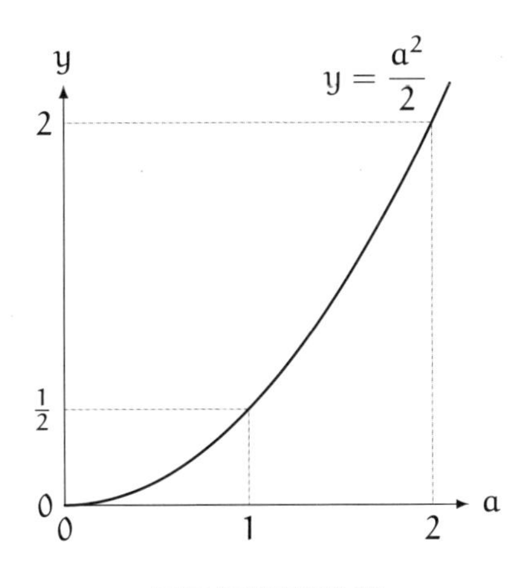

用三角形面积作图

我：“那么，令 a 的函数 $\frac{a^2}{2}$ 为 F，定义函数 F 为

$$F(a)=\frac{a^2}{2}$$

哎呀，嗯……虽然也可以直接用 a 做下去，但我们通常不会用符号 a 表示变量，所以改成符号 x 吧。最后会像下面这样。”

$$F(x)=\frac{x^2}{2}$$

蒂蒂：“函数中使用的符号有什么限制吗？”

我：“没有。一般在讨论函数的时候，大多会像 $F(x)$ 一样使用 x，但并没有特别限制一定要用 x。例如，也可以换成 t：

$$F(t)=\frac{t^2}{2}$$

也可以换成♡：

$$F(\heartsuit) = \frac{\heartsuit^2}{2}$$

函数 F 的形式，无论用哪一种都一样。”

蒂蒂：“我喜欢用爱心！♡♡♡!”

蒂蒂高兴地说着。

我：“函数 $F(x)$ 变成求在区间 $[0, x]$ 的面积函数。如果区间是 $[0, a]$，则面积会是 $F(a)$ 。”

蒂蒂：“嗯。没问题。”

我：“讲到这里，我们再稍微说明‘积分是微分的逆运算’。蒂蒂在前面选择对常数 $\frac{1}{2}$ 微分，但这样做不大对，应该对面积函数 $F(x)$ 中的 x 微分。”

蒂蒂：“也就是说，对 $\frac{x^2}{2}$ 中的 x 微分……”

我：“是的。有趣的是，对 $\frac{x^2}{2}$ 中的 x 微分后会是 x，变回一开始的图形函数 $y=x$。”

蒂蒂：“学……学长，我好像还是不懂。听完学长的解说，我知道不是对 $\frac{1}{2}$ 微分，但还是觉得哪里怪怪的……”

我：“哪里怪怪的？”

蒂蒂：“那个……前面说‘积分是微分的逆运算’，积分后再微分会变回原状……这是理所当然的事情。所以，我不懂学长口中的‘有趣’在哪里，感觉就像不知道一个笑话的笑点一样。”

我：“……抱歉。”

蒂蒂：“不……不是！我没有这个意思！”

蒂蒂赶紧挥手否定。

我：“不是写成 $\frac{x^2}{2}$ 这样具体的形式，而是用 $F(x)$ 的一般写法会比较容易理解吧。将‘积分是微分的逆运算’分成两个阶段的话，会变成下面这样哦，蒂蒂。这边要注意小写 $f(x)$ 和大写 $F(x)$ 表示不同的函数。”

①函数 $f(x)$ 所围成的图形面积，称为函数 $F(x)$。

②将函数 $F(x)$ 对 x 微分后，会变回函数 $f(x)$。

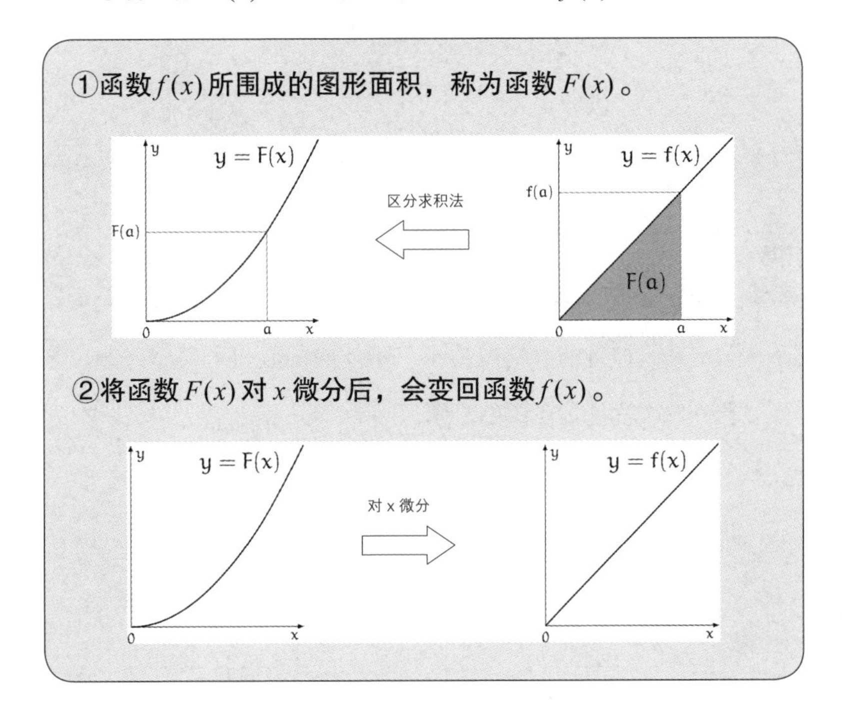

蒂蒂紧盯着①和②。

蒂蒂：“该不会……两件事看似无关，其实是可逆的关系……是在说这个吗？”

我：“没错！”

蒂蒂：“函数 $f(x)$ 所围成的图形面积，可以用区分求积法计算。此时，不是单求出一个具体的图形面积，而是得出不管区间右端点为何，都能够知道面积的函数形式。我们把这个函数叫作 $F(x)$ ……这就是①在讲的事情。”

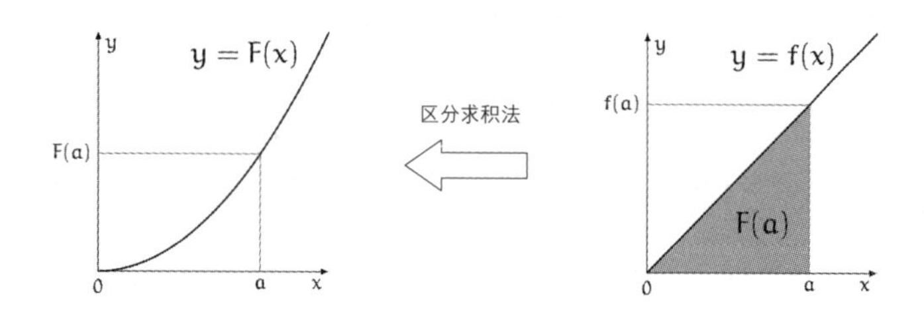

我：“对对，这样就对了。”

蒂蒂：“然后，把求面积的①先搁在一旁，对函数 $F(x)$ 微分。这样一来，神奇的事情发生了。刚才的函数 $f(x)$ 突然又跑出来了……这就是②在讲的事情。”

我:“嗯，没错。有趣的地方就在这里!”

蒂蒂:“我大概了解了。‘用区分求积法求面积’和‘微分’两件事看似毫无关系，但对表示面积的函数微分后，会非常神奇地变回原本的函数!”

我:“是啊。”

蒂蒂:“如果说‘用区分求积法求面积’是‘积分’，则‘积分后再微分会变回原状’?”

我:“没错！这个结论可以说成‘积分是微分的逆运算’。”

蒂蒂:“原来如此。不能直接从‘积分是微分的逆运算’来思考。”

我:“怎么说?”

蒂蒂:“我前面认为‘积分是微分的逆运算’是在定义积分，所以才觉得结果理所当然。但是，‘积分’和‘微分’是两件不同的事情，应该要从这里思考下去。‘积分’和‘微分’看起来没有关系，但经过一番运算后，会发现两者是可逆的关系，也就是‘积分是微分的逆运算’。真的好神奇。”

我:“你好厉害！我想讲的就是这个。”

3.3 微分与积分

接着，蒂蒂又开始沉思了。

蒂蒂:“光是听到‘积分是微分的逆运算’，容易直接形成这样的观念，感觉跟‘减法是加法的逆运算’‘除法是乘法的逆运算’一样。所以，我觉得自己现在能够理解。”

我：“这样啊。所以，蒂蒂刚刚才会对是以‘积分是微分的逆运算’来定义，还是具备‘积分是微分的逆运算’的性质，而感到混乱嘛。”

蒂蒂：“对啊。不过，我不懂，为什么‘用区分求积法求面积’会有‘微分’逆运算的性质？”

我：“‘不明白的地方’提升到更高的层次了！”

蒂蒂：“为什么‘用区分求积法求面积’会变成‘微分’的逆运算呢……真是不可思议。啊，这该不会是没有意义的疑问？”

我：“不会没有意义哦！这是微积分的基本定理，能够进行证明。”

蒂蒂：“证明！接着来证明吧。”

我：“嗯，没错。虽然我没办法严格证明微积分的基本定理，但可以说个大概哦！”

蒂蒂：“拜托学长了！”

我：“大概像是这样……”

微积分的基本定理“积分是微分的逆运算”

在区间 $[a, b]$，有一连续 t 的函数 $f(t)$。

令 $y = f(t)$ 在区间 $[a, x]$ 所围成的图形面积为 $F(x)$，其中 $a \leqslant x \leqslant b$。此时，

$$F'(x) = f(x)$$

成立。

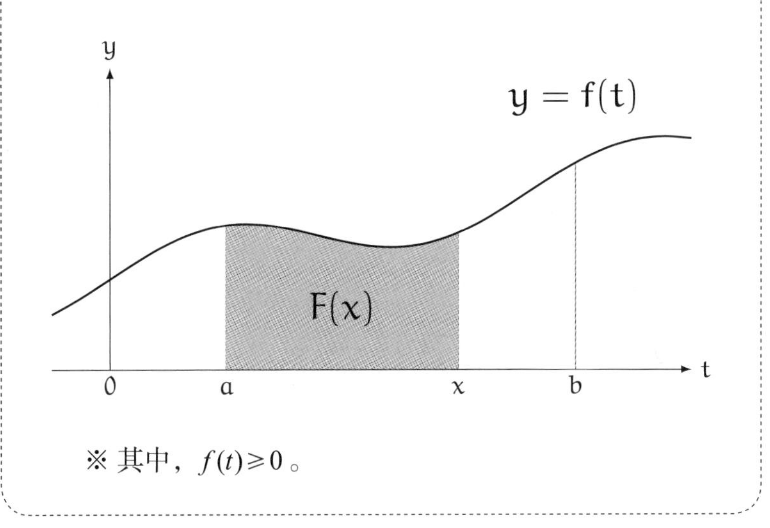

※ 其中，$f(t) \geqslant 0$。

蒂蒂：“这个……好难。”

我：“看着图形一步一步思考，你应该就会懂了。不用着急，我们一起来想想吧。”

蒂蒂：“叙述中的 a 和 b 是指什么？”

我：“这只是用来讨论一般的区间而已。”

蒂蒂：“所以，a 和 b 没有特别的含义？”

我：“嗯，是的。”

蒂蒂：“可是……这对我来说还是好难。”

我：“没有这回事。这只是对前面的叙述进行了一般化而已。假设 $f(t)=t$，令 $y=t$ 在区间 $[0, x]$ 所围成的图形面积为 $F(t)$，则

$$F(x)=\frac{x^2}{2}$$

不过

$$\left(\frac{x^2}{2}\right)'=x$$

所以

$$F'(x)=f(x)$$

的确是逆运算的关系。”

蒂蒂：“啊……这是前面举的例子吗？”

我：“对。举另外一个例子 $f(t)=t^2$，$y=t^2$ 在区间 $[0, x]$ 所围成的图形面积 $F(x)$，用区分求积法得

$$F(x)=\frac{x^3}{3}$$

不过

$$\left(\frac{x^3}{3}\right)' = x^2$$

所以

$$F'(x) = f(x)$$

果然还是逆运算的关系。将积分求得的面积当作函数来微分，会变回原来的状态。”

蒂蒂：“但是，除了$f(t)=t$和$f(t)=t^2$之外，其他也会这么顺利变回原状吗？”

我：“的确会有这样的疑问。顺利变回原状这是微积分基本定理的主张。所以，我才会这样说明哦！”

蒂蒂：“啊……对哦。我总算把概念联结在一起了。”

我：“因此，我们想用微积分的基本定理确认的是

$$F(x)\ \text{对}\ x\ \text{微分会是}\ f(x)$$

也就是

$$F'(x) = f(x)$$

成立。我们的目标是，用区分求积法得出的面积函数$F(x)$，推导出这个式子。”

蒂蒂：“但是，我们不知道一开始的函数，要怎么求该函数所围成的图形面积$F(x)$和微分后的$F'(x)$？”

我：“区分求积法可以理解成，将图形拆分成许多宽度窄的长方形，将其中一个长方形放大来看。宽度以 h 来表示（$h>0$）。”

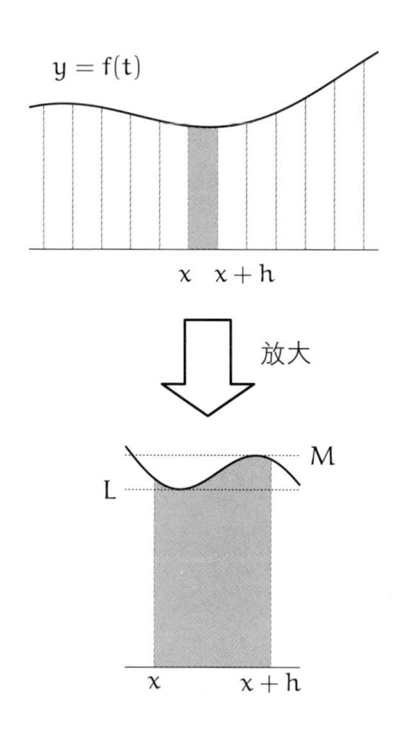

蒂蒂：“出现 L 和 M 了。”

我：“令函数 $f(t)$ 在区间 $[x, x+h]$ 的最小值为 L、最大值为 M，利用 L、M 和‘夹逼定理’来求面积。”

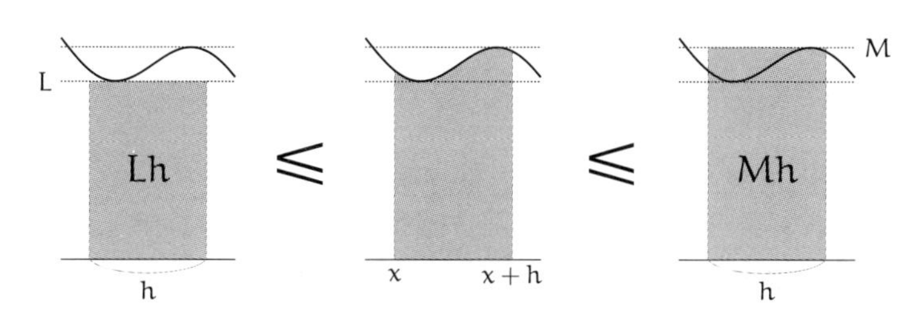

$$Lh \leqslant F(x+h)-F(x) \leqslant Mh$$

蒂蒂：“嗯……”

我：“这个区间的宽度为 h，Lh 是左边较小的长方形面积、Mh 是右边较大的长方形面积，然后，$y=f(t)$ 所围成的图形夹于两个长方形之间。其面积是

$$F(x+h)-F(x)$$

两个函数相减。到这里能够理解吗？”

蒂蒂：“左边的 Lh 和右边的 Mh 能够理解，但我不懂 $F(x+h)-F(x)$。$F(x+h)$ 减去 $F(x)$……咦，$F(x+h)$ 是指什么？”

我：“$F(x)$ 是表示在区间 $[a, x]$ 的图形面积，$F(x+h)$ 则是在区间 $[a, x+h]$ 的图形面积哦！接着对比图形来看，就能够理解了。”

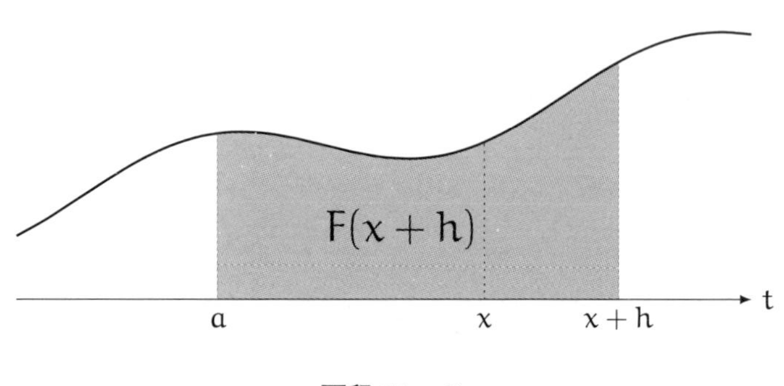

面积 $F(x+h)$

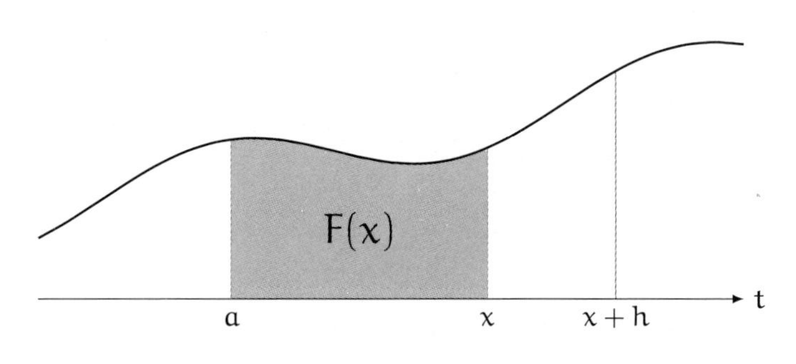

面积 $F(x)$

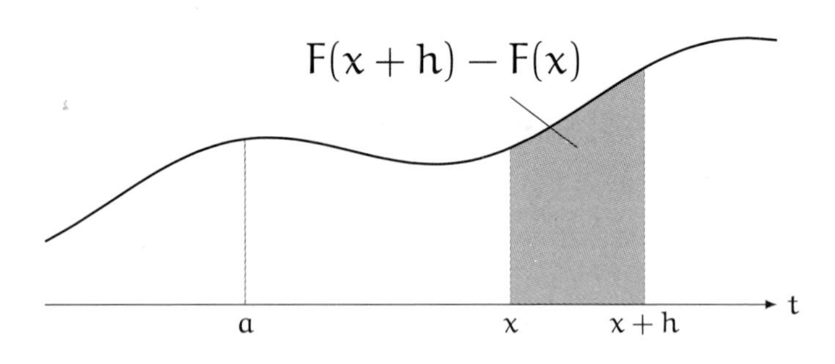

所以，这里的面积会是 $F(x+h)-F(x)$

蒂蒂：“啊！我懂了。这意思是总面积减去左边部分的面积吧。的确就是 $F(x+h)-F(x)$ 。”

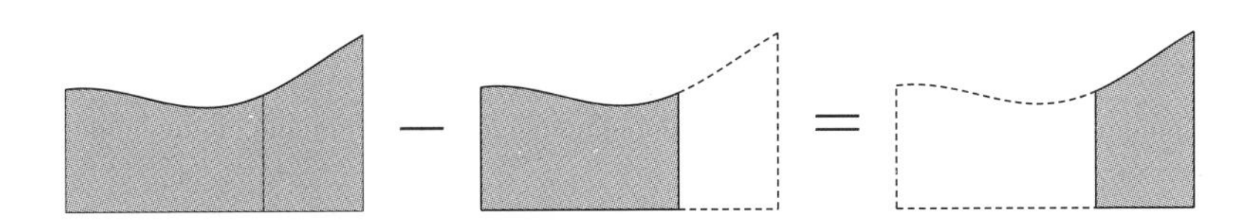

我：“没错。稍微整理一下就是

$$Lh \leqslant F(x+h)-F(x) \leqslant Mh$$

后面只剩下除以宽度 h 而已。因为 $h>0$，所以每一项除以 h 后，不用改变不等式的符号。”

$$L \leqslant \frac{F(x+h)-F(x)}{h} \leqslant M$$

蒂蒂：“嗯……”

我：“区分求积法是不断减小长方形的宽度 h 找出极限，也就是 $h \to 0$。当宽度 h 不断减小，最小值 L 和最大值 M 都会逼近 $f(x)$

$$h \to 0 \text{的时候} L \to f(x)$$
$$h \to 0 \text{的时候} M \to f(x)$$

这样一来，可以知道‘夹挤’在 L 和 M 中间的极限值 $\frac{F(x+h)-F(x)}{h}$ 会是 $f(x)$。也就是

$$h \to 0 \text{ 的时候 } \frac{F(x+h)-F(x)}{h} \to f(x)$$

然后，我们可以用极限 lim 来表示

$$\lim_{h \to 0} \frac{F(x+h)-F(x)}{h} = f(x)$$

证明就到这里。”

蒂蒂：“咦？”

我：“因为

$$\lim_{h \to 0} \frac{F(x+h)-F(x)}{h}$$

这个式子本身就是 $F'(x)$ 的定义，所以可以得出

$$F'(x) = f(x)$$

这正是我们想要确定的事情。虽然讲得很粗略，但这就是微积分基本定理的证明。”

3.4 斜率与面积

听完我的说明后，蒂蒂暂时安静了下来，咬着指甲不知道在想什么。没过多久，蒂蒂便一脸困惑地开口了。

蒂蒂：“嗯……那个，我听懂学长的说明了，但我好像还是不理解微分的概念。”

我：“是吗?”

蒂蒂：“嗯。我理解了‘积分是微分的逆运算’，也知道$F'(x)=f(x)$表示$F(x)$微分后会等于$f(x)$。但是，学长写出来的式子

$$\lim_{h\to 0}\frac{F(x+h)-F(x)}{h}$$

我不知道怎么跟前面联系在一起……”

我：“原来如此。这个数学式是表示$h\to 0$时的极限值

$$\frac{F(x+h)-F(x)}{h}$$

从$F'(x)$的定义可知，这就是$F'(x)$。”

蒂蒂：“$\frac{x^2}{2}$微分后会是x……我知道这个，但微分出现 lim，我会突然想问‘为什么?’。”

我：“这样啊。蒂蒂虽然能够记住微分函数的公式，但可能对‘微分函数’的概念还不是很理解。$F'(x)$的定义中出现极限，的确有些难懂吧。”

蒂蒂：“啊，但是，我知道将函数$F(x)$对x微分后，可以得到图形的切线斜率!”

我：“刚才的定义式就是在讲‘切线斜率’。”

蒂蒂：“咦?”

我：“直接看图形比较好理解。在$y=F(x)$的图形上，取点$P(x, F(x))$和点$Q(x+h, F(x+h))$。”

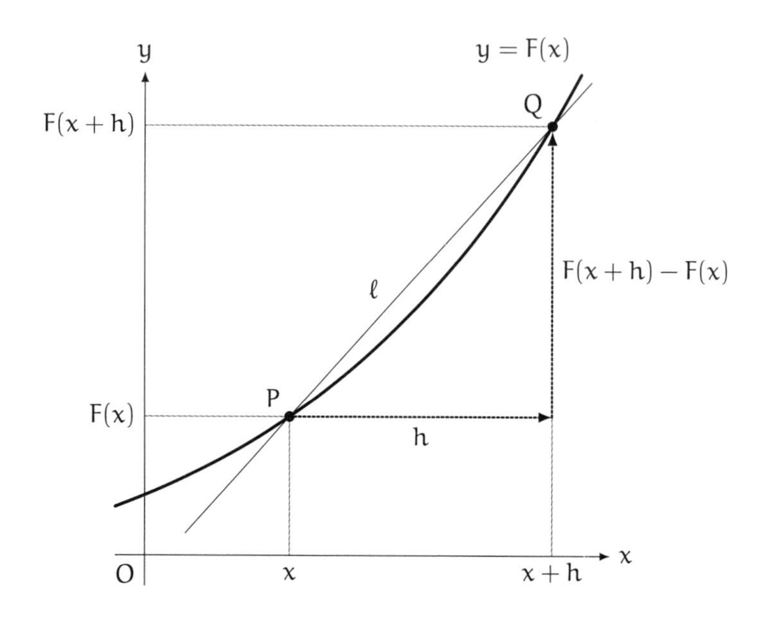

讨论两点连接的“直线 ℓ 斜率”

蒂蒂：“好的。”

我：“这样一来，两点连接的‘直线 ℓ 的斜率’会是

$$\frac{F(x+h)-F(x)}{h}$$

h 越向右边前进时，$F(x+h)-F(x)$ 越往上移动。”

蒂蒂：“$F(x+h)-F(x)$ 越往上移动……啊，真的耶。

$\frac{F(x+h)-F(x)}{h}$ 这个部分的确是‘直线 ℓ 的斜率’。”

我：“然后，让 h 不断接近 0，讨论斜率的极限。也就是

$$h \to 0 \text{ 时的 } \frac{F(x+h)-F(x)}{h}$$

我们想要知道这个极限值，而

$$\lim_{h\to0}\frac{F(x+h)-F(x)}{h}$$

正是表示这个极限值的数学式。换句话说，当 $h\to0$ 时，过 P 点的“切线斜率”等于 P 和 Q“连接直线”的斜率。”

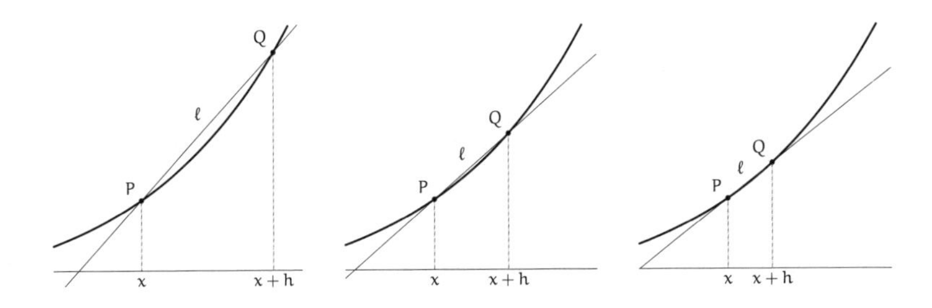

当 $h\to0$ 时，过 P 点的“切线斜率”等于 P 和 Q“连接直线”的斜率

蒂蒂：“啊，我懂了！的确，$\dfrac{F(x+h)-F(x)}{h}$ 的极限值会是 $F'(x)$！”

我：“对吧。”

蒂蒂：“原来如此……我懂学长说的除以宽度 h 的意义了。这样才能得出表示斜率的数学式，让式子符合 $F'(x)$ 的定义。”

我：“就是这样。”

蒂蒂：“我前面能够‘看懂’数学式，却没办法‘读懂’……”

我：“没有这回事，你理解得很快。”

蒂蒂：“等一下。就‘积分是微分的逆运算’来说，这不是非常神奇吗？‘面积’和‘切线斜率’竟然是可逆的关系！”

我：“是的。这非常神奇。”

蒂蒂："'面积'和'切线斜率'不是不相关吗？"

我："嗯，这就是有趣的地方。直觉上来说，'切线斜率'表示该函数的增加趋势。如果'切线斜率'为 0 的话，函数完全不会增加；如果'切线斜率'为正值的话，函数会不断增加；如果'切线斜率'为负值的话，函数会不断减少……虽然这样表述不是特别严谨。"

蒂蒂："不会，我弄懂了。"

我："然后，因为 $F(x)$ 表示面积，所以 $y = F(x)$ 的'切线斜率'是表示面积的增加趋势。"

蒂蒂："嗯，真的！"

我："将'切线斜率'看作面积的'瞬间变化率'，可能比较容易理解，'计算面积'和'计算切线斜率'是在做相反的事情。"

蒂蒂："啊，原来如此……"

蒂蒂翻开笔记本，开始整理前面讲的内容。

说时迟……

米尔迦："你们今天在讨论什么问题？"

……这时，米尔迦走进图书室。她留着一头乌黑长发，戴着金属框眼镜。她是我的同班同学、擅长数学的才女。

我："我们不是在讨论问题，刚才……"

蒂蒂："等一下。"

蒂蒂的视线离开笔记本，抬起头来打断我。

蒂蒂：“我来……向米尔迦学姐说明。”

然后，蒂蒂开始说明刚刚讲的内容。

①一开始，假设有一函数 $f(x)$。令 $y=f(x)$ 在区间 $[a, x]$ 所围成的图形面积为 $F(x)$。

$F(x)$ 函数是 $f(x)$ 在区间 $[a, x]$ 所围成的图形面积

②接着，将面积想象成是 x 的函数来做微分。$F(x)$ 对 x 微分后的函数为 $F'(x)$。

$F'(x)$ 是 $F(x)$ 对 x 微分后的函数

③这样一来，函数 $F'(x)$ 竟然等于函数 $f(x)$！

$$F'(x)=f(x) \quad \text{函数 } F'(x) \text{ 等于函数 } f(x)$$

米尔迦听着蒂蒂的说明。

米尔迦：“这是微积分的基本定理。”

我：“没错。我们刚才就是在讨论这个哦！”

3.5　积分符号与定积分

米尔迦：“使用 $\overset{\text{integral}}{\int}$ 能够明确表示特定区间的定积分。”

定积分

在区间 $[a, b]$，有一连续 x 的函数 $f(x)$ 。

$y=f(x)$ 在区间 $[a, b]$ 所围成的图形面积写成

$$\int_a^b f(x)\mathrm{d}x$$

这称为 $f(x)$ 在区间 $[a, b]$ 的定积分。

a 为下限、b 为上限。

※ 其中，$f(x)\geqslant 0$ 。

蒂蒂：“积分符号

$$\int_a^b$$

上下标示的 a 和 b，表示区间 $[a, b]$。”

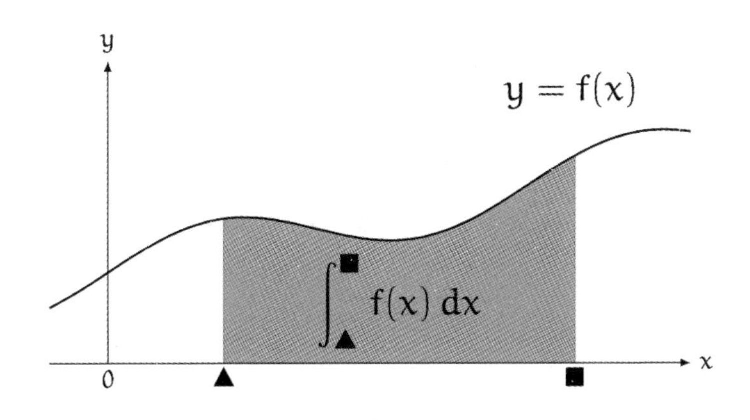

从▲到■的定积分

我：“没错。”

蒂蒂：“积分符号感觉像是拉长的‘S’。”

米尔迦：“‘∫’取自‘Sum’的首字母，表示‘和’的意思。”

我：“因为使用区分求积法求面积，所以是求和的极限。”

蒂蒂：“那个……我想问个基本的问题，为什么 $\int_a^b f(x)\mathrm{d}x$ 会是面积呢？”

我：“为什么……你竟然会这么问……”

米尔迦：“蒂蒂，你理解的顺序反过来了。这正是用面积去定义，

$$\int_a^b f(x)\mathrm{d}x$$

才决定表示成这样的形式。因为用面积去定义，理所当然会是面积。”

蒂蒂：“约定俗成的意思吗？”

米尔迦：“是的。虽然也可以用不同的形式来定义定积分，但这里先用面积来定义。”①

蒂蒂：“如果是决定好的，那就没办法了。”

米尔迦：“那么，我问个问题：这个等式成立吗？”

$$\int_a^b f(x)\mathrm{d}x = \int_a^b f(t)\mathrm{d}t$$

蒂蒂：“……大概成立吧。虽然变量的符号不一样，但 $y=f(x)$ 和 $y=f(t)$ 是相同的图形，所以面积会相等。”

米尔迦：“说得不错。”

蒂蒂：“这样的话，换成♡也可以吧？像是这样。”

$$\int_a^b f(x)\mathrm{d}x = \int_a^b f(\heartsuit)\mathrm{d}t \qquad (?)$$

我：“可以哦！”

米尔迦：“错了。后面不是 $\mathrm{d}t$，是 $d\heartsuit$ 才对。”

$$\int_a^b f(x)\mathrm{d}x = \int_a^b f(\heartsuit)\mathrm{d}\heartsuit$$

我：“啊，对哦。抱歉。”

蒂蒂：“哈哈……这是在讨论♡轴吧。”

① 参见本章附录：定积分的两种定义形式（见第 126 页）。

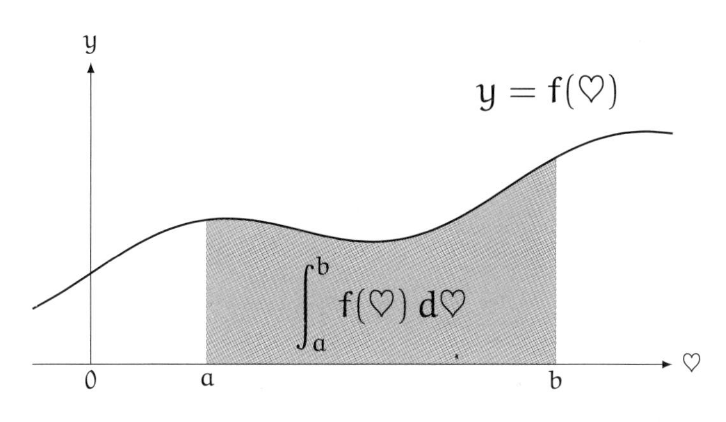

讨论♡轴的定积分

我:“讨论 t 轴的话，会是这样。”

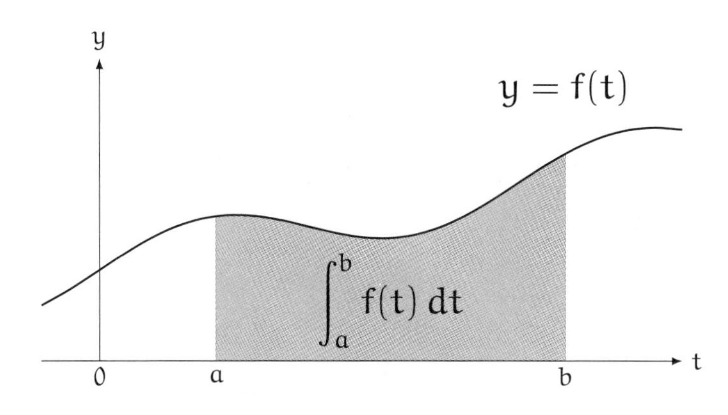

讨论 t 轴的定积分

米尔迦:“那么，我们使用积分符号写出微积分的基本定理吧！在区间 $[a, x]$，将定积分 $\int_a^x f(t)\mathrm{d}t$ 看作 x 的函数，则

$$\frac{\mathrm{d}}{\mathrm{d}x}\int_a^x f(t)\mathrm{d}t = f(x)$$

这就是微积分的基本定理。”

我：“的确会是这样。”

蒂蒂：“式子越来越复杂了！”

我：“没有，米尔迦说的和

$$F'(x) = f(x)$$

是同一件事情哦，蒂蒂。”

蒂蒂：“是吗？”

我：“你仔细看一下数学式。”

- 表示 $f(t)$ 在区间 $[a, x]$ 所围成图形面积的函数

$$\int_a^x f(t)\mathrm{d}t$$

- 表示 $f(t)$ 在区间 $[a, x]$ 所围成图形面积的函数对 x 微分后的函数

$$\frac{\mathrm{d}}{\mathrm{d}x}\int_a^x f(t)\mathrm{d}t$$

- 表示 $f(t)$ 在区间 $[a, x]$ 所围成图形面积的函数对 x 微分后的函数等于 $f(x)$

$$\frac{\mathrm{d}}{\mathrm{d}x}\int_a^x f(t)\mathrm{d}t = f(x)$$

我：“式中的 $\frac{\mathrm{d}}{\mathrm{d}x}$ 表示对 x 微分的意思。”

$$\frac{\mathrm{d}}{\mathrm{d}x}\int_a^x f(t)\mathrm{d}t = f(x)$$

蒂蒂:“微分是指 $F'(x)$ 吗?”

我:“对，没错哦。如同对 $F(x)$ 微分时，会标示这个符号，

，

另外

$$\frac{\mathrm{d}}{\mathrm{d}x}$$

也是用来表示微分哦，蒂蒂。”

蒂蒂:“微分的写法有好多种耶……”

米尔迦:“‘′’是在不会误会对谁微分时，所使用的简易符号。而 $\frac{\mathrm{d}}{\mathrm{d}x}$ 可以明确表示对谁微分，不会搞混。对 x 微分的话，写成 $\frac{\mathrm{d}}{\mathrm{d}x}$；对 t 微分的话，写成 $\frac{\mathrm{d}}{\mathrm{d}t}$。”

蒂蒂:“对♡微分的话，写成 $\frac{\mathrm{d}}{\mathrm{d}\heartsuit}$ 吧!”

3.6　数学对象与数学主张

蒂蒂:“只是写法上的不同，这我了解了。让我整理一下。微积分的基本定理可以这样叙述吗?”

①函数 $f(t)$ 在区间 $[a, x]$ 所围成的图形面积为

$$\int_a^x f(t)\mathrm{d}t$$

这是定积分约定俗成的写法，可以看作 x 的函数。

②函数对 x 微分得到的函数为

$$\frac{\mathrm{d}}{\mathrm{d}x}\int_a^x f(t)\mathrm{d}t$$

$\frac{\mathrm{d}}{\mathrm{d}x}$ 是对 x 微分约定俗成的写法。

③然后，②的函数等于函数 $f(x)$，其数学式是

$$\frac{\mathrm{d}}{\mathrm{d}x}\int_a^x f(t)\mathrm{d}t = f(x)$$

……意思是这样吗？”

我：“是的！”

蒂蒂：“一步一步思考很重要……没想到我能够看懂这么复杂的数学式。”

米尔迦：“蒂蒂说的事情很有趣。”

蒂蒂：“咦，会吗？”

米尔迦：“你清楚区分了‘数学对象’和‘数学主张’。”

我：“怎么说？”

蒂蒂：“什么意思？”

米尔迦：“蒂蒂在①和②说的

$$\int_a^x f(t)\mathrm{d}t \text{ 和 } \frac{\mathrm{d}}{\mathrm{d}x}\int_a^x f(t)\mathrm{d}t$$

是‘数学对象’，即在数学上处理的对象。”

蒂蒂：“……”

米尔迦：“与此相对，③的

$$\frac{\mathrm{d}}{\mathrm{d}x}\int_a^x f(t)\mathrm{d}t = f(x)$$

则是‘数学主张’，主张左边表示的数学对象，等于右边表示的数学对象。”

蒂蒂：“……原来如此。”

米尔迦：“你整理的内容，清楚区分了‘数学对象’和‘数学主张’。”

蒂蒂：“没有，哪里的话。我没有想那么多。不过，听米尔迦学姐这样说，我真的区分开来了。”

我：“真有意思。”

3.7 原函数

米尔迦：“刚才是将上限 b 改为 x，从

$$\int_a^b$$

变成

$$\int_a^x$$

然后，将定积分看作 x 的函数。这次我们来讨论下限 a。下

限改变后，微积分的基本定理仍会成立。将下限改为 c_1、c_2、c_3，对应的定积分为 $F_1(x)$ 、$F_2(x)$ 、$F_3(x)$ 。”

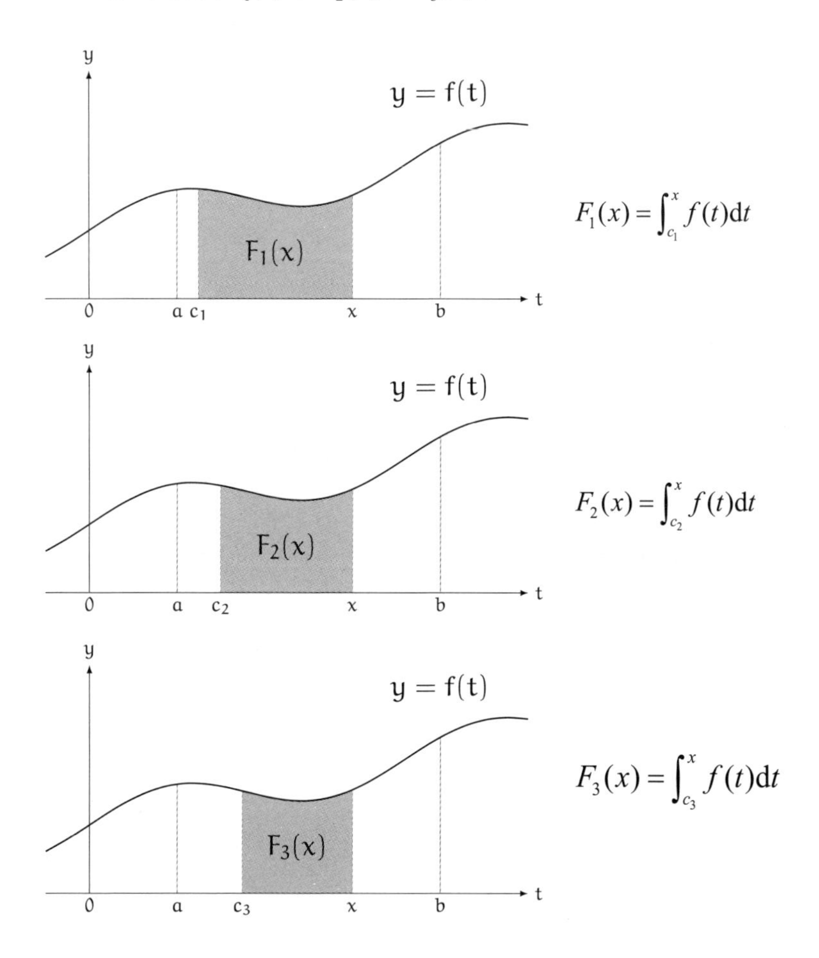

蒂蒂：“咦？下限改变后，面积也会跟着改变吧。这样微积分的基本定理还会成立吗？$F_1(x)$ 、$F_2(x)$ 和 $F_3(x)$ 是不同的函数吧？”

米尔迦:“它们是不同的函数。但是，$F_1(x)$、$F_2(x)$ 和 $F_3(x)$ 微分后，都会等于 $f(x)$。”

$$F_1'(x) = f(x)$$
$$F_2'(x) = f(x)$$
$$F_3'(x) = f(x)$$

蒂蒂:“为什么?”

我:“蒂蒂，你回想一下使用区分求积法时的说明。那时，我们从许多长方形当中，只选择一个放大来看（见第 94 页）。回想一下宽度分别为 x 和 $x+h$ 的长方形，可以知道:

$$F(x+h) - F(x) = F_1(x+h) - F_1(x)$$
$$F(x+h) - F(x) = F_2(x+h) - F_2(x)$$
$$F(x+h) - F(x) = F_3(x+h) - F_3(x)$$

虽然下限改变，但相减后的面积还是一样大。”

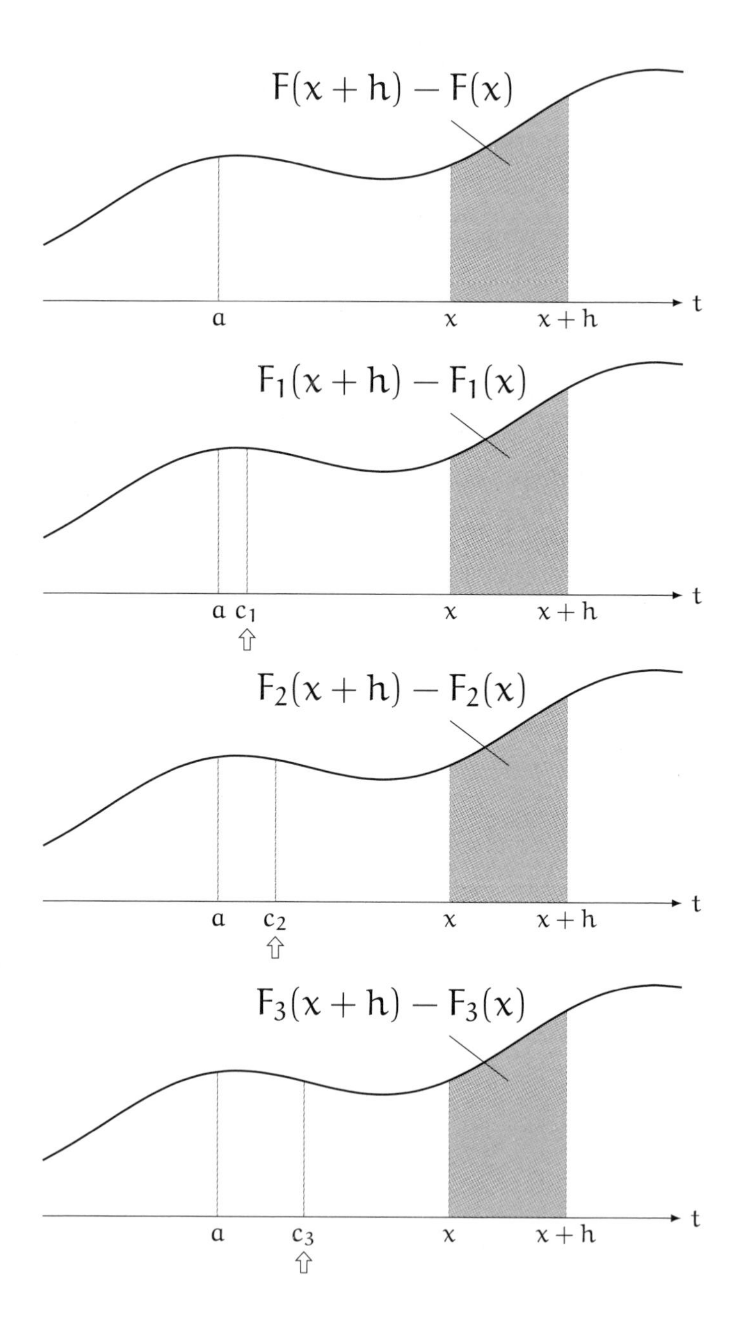
$F(x+h)-F(x)$
a
x
x + h
t
$F_1(x+h)-F_1(x)$
a c_1
x
x + h
t
$F_2(x+h)-F_2(x)$
a
c_2
x
x + h
t
$F_3(x+h)-F_3(x)$
a
c_3
x
x + h
t

蒂蒂：“真的，面积都一样……”

我：“所以，除以 h 再取 $h \to 0$ 的极限也会相同。”

米尔迦：“$F(x)$、$F_1(x)$、$F_2(x)$、$F_3(x)$ 微分后都等于 $f(x)$。微分后等于 $f(x)$ 的函数，称为 $f(x)$ 的原函数，所以改变 $\int_a^x f(t)\mathrm{d}t$ 下限 a 所形成的函数，都会是 $f(x)$ 的原函数。不同的地方只有常数而已。”

蒂蒂：“全部都是“同伴”啊。”

3.8　不定积分的探求

米尔迦：“是的，F_1、F_2、F_3 都是同伴。所以，它们可以一起处理。”

蒂蒂：“?”

米尔迦：“原函数一般化表示后，称为不定积分，约定俗成写成

$$\int f(x)\mathrm{d}x$$

不定积分可以说是原函数 $f(x)$ 的一般形式。因为两个原函数不同的地方只有常数，所以使用代表任意常数的积分常数。”

$$\int f(x)\mathrm{d}x = F(x) + C \quad (C\text{ 为积分常数})$$

蒂蒂：“学长学姐，蒂蒂已经开始混乱了啦！定积分、不定积分，

还有原函数……”

米尔迦：“‘积分’的相关问题有两种情况，一种情况是

‘计算面积’

题目的目的是定积分。另一种情况是

‘推求微分前的原函数’

题目的目的是原函数。虽然有时只要求原函数之一即可，但多数的场合是要求加上积分常数的原函数一般式。此时，所要求的形式就是不定积分。”

我：“听你这样说，考试卷上的题目一定会明确区分‘定积分’和‘不定积分’。”

蒂蒂：“……”

3.9 定积分的探求

米尔迦：“对了，我们试着利用微积分的基本定理，探求这个定积分吧。”

$$\int_a^x f(t)\mathrm{d}t$$

我：“探求？”

米尔迦：“微积分的基本定理会表示成

$$\frac{\mathrm{d}}{\mathrm{d}x}\int_a^x f(t)\mathrm{d}t = f(x)$$

不过，经过仔细观察，

$$\int_a^x f(t)\mathrm{d}t$$

会发现这是$f(x)$的原函数之一。”

我：“因为对 x 微分后会等于$f(x)$？”

米尔迦：“是的。所以，这个定积分可以使用$f(x)$原函数之一的 $F(x)$，写成

$$\int_a^x f(t)\mathrm{d}t = F(x) + A$$

其中，A 是常数。”

我：“这个是探求？”

米尔迦：“然后，我们可以求出 A 的值。将 x 代入 a，变成

$$\int_a^a f(t)\mathrm{d}t = F(a) + A$$

因为上限和下限一致，所以面积会是 0，左式会变成 0。也就是

$$0 = F(a) + A$$

所以，可知

$$A = -F(a)$$

求出常数 A 的值后，将定积分具体写成

$$\begin{aligned}\int_a^x f(t)\mathrm{d}t &= F(x)+A \\ &= F(x)-F(a)\end{aligned}$$

假设 $x=b$ 的话，则

$$\int_a^b f(t)\mathrm{d}t = F(b)-F(a)$$

成立。”

我：“这样就推导出常见的定积分计算式了。”

米尔迦：“使用微积分的基本定理，可以证明定积分是原函数的差。”

蒂蒂：“那、那个……我理解了上述数学式的变形，但这个很重要吗？”

米尔迦：“很重要。这表示能够由原函数的差求得面积，即便不用到区分求积法，只要找到一个微分后为 $f(x)$ 的原函数 $F(x)$ 就行了。”

我：“蒂蒂在前面不是说用区分求积法求面积很难吗？米尔迦刚才证明的东西，我想可以帮助到你哦！每次都用区分求积法求面积很麻烦，但只要找到原函数，利用区间的两端就能够知道面积了。”

蒂蒂：“嗯……”

3.10　定和分的探求

米尔迦越讲越兴奋。

米尔迦：“那么，继续讨论下去吧。蒂蒂前面说$\int$像是‘S’嘛，但$\sum$才是‘S’哦!”

蒂蒂：“$\sum$表示和，相当于希腊字母的‘S’。”

米尔迦：“我们把定积分写成$\int$。同样，我们会把定和分写成$\sum$。”

我：“定和分?”

米尔迦：“$\int$是连续的世界；$\sum$是离散的世界。

$$\int_a^b f(x)\mathrm{d}x = F(b) - F(a)$$

定积分这样写的话……”

我：“你打算把这搬到离散的世界?”

蒂蒂：“搬到离散的世界?”

米尔迦：“当然，这边需要维持数学的有效性（Validity）。举例来说，定积分是使用函数$f(x)$来讨论，而定和分则是使用数列a_k来讨论。定积分表示为

$$\int_a^b f(t)\mathrm{d}t$$

则定和分表示为

$$\sum_{k=m}^{n} a_k$$

那么，你怎么想？”

我：“原来如此。这是把‘从 a 到 b 的定积分’对应成‘从 m 到 n 的总和’吗？有意思！”

米尔迦：“但是，两者有些不一样，例如当定积分的上限和下限的值相同时，结果会是 0。

$$\int_a^a f(t)\mathrm{d}t = 0$$

同样的情况在定和分上，则

$$\sum_{k=m}^{m} a_k = a_m$$

结果会变成 a_m，而不是 0。”

蒂蒂：“搬家失败？”

我：“原来如此。那么，如果不是

$$\sum_{k=m}^{n} a_k$$

而是写成

$$\sum_{k=m}^{n-1} a_k$$

这样如何呢？”

米尔迦：“这样不错，但改成不等式会更简洁。

$$\sum_{m \leqslant k < n} a_k$$

如此一来，积分的区间也能顺利连接在一起。例如，

$$\int_a^b f(t)\mathrm{d}t+\int_b^c f(t)\mathrm{d}t=\int_a^c f(t)\mathrm{d}t$$

该数学式会对应成

$$\sum_{l\leqslant k<m} a_k+\sum_{m\leqslant k<n} a_k=\sum_{l\leqslant k<n} a_k$$

的形式。”

我：“原来如此……”

蒂蒂：“微分的对应式会变成什么样子？”

米尔迦：“假设对函数 $F(x)$ 微分会得到导函数 $f(x)$。”

蒂蒂：“$F'(x)=f(x)$ 嘛。”

米尔迦：“这样没办法知道内部的构造，这里把对函数 $F(x)$ 微分所得到的函数 $f(x)$ 表示成

$$\lim_{h\to 0}\frac{F(x+h)-F(x)}{h}=f(x)$$

在离散的世界没有 $h\to 0$ 的极限，所以用 $h=1$ 来讨论。这样一来，

$$\frac{A_{n+1}-A_n}{1}=a_n$$

能够联想到这样的数列 $\langle A_n\rangle$。a_n 是 $A_{n+1}-A_n$ 的差分，数列 $\langle a_n\rangle$ 会是数列 $\langle A_n\rangle$ 的阶差数列。”

我：“数列 $\langle a_n \rangle$ 会是数列 $\langle A_n \rangle$ 的阶差数列，对应函数 $f(x)$ 是原函数 $F(x)$ 的导函数啊！”

米尔迦：“定积分可以表示成原函数的差

$$\int_a^b f(t)\mathrm{d}t = F(b) - F(a)$$

而在离散的世界，

$$\sum_{m \leqslant k < n} a_k = A_n - A_m$$

会成立。”

我：“试着算算看。

$$\begin{aligned}\sum_{m \leqslant k < n} a_k &= a_m + a_{m+1} + \cdots + a_{n-1} \\ &= (A_{m+1} - A_m) + (A_{m+2} - A_{m+1}) + \cdots + (A_n - A_{n-1}) \\ &= A_n - A_m\end{aligned}$$

嗯，真的成立！”

连续的世界		离散的世界
函数	←----→	数列
导函数	←----→	阶差数列
微分	←----→	差分
$\int$	←----→	$\sum$
$\int_a^b f(t)\mathrm{d}t$	←----→	$\sum_{m \leqslant k < n} a_k$

$$\int f(x)\mathrm{d}x = F(x) + C \quad \longleftarrow\!\!\!-\!-\!\!\!\longrightarrow \quad \sum_{m \leqslant k < n} a_k = A_n + C$$

$$\lim_{h \to 0} \frac{F(x+h) - F(x)}{h} = f(x) \quad \longleftarrow\!\!\!-\!-\!\!\!\longrightarrow \quad A_{n+1} - A_n = a_n$$

$$\int_a^b f(t)\mathrm{d}t = F(b) - F(a) \quad \longleftarrow\!\!\!-\!-\!\!\!\longrightarrow \quad \sum_{m \leqslant k < n} a_k = A_n - A_m$$

$$\int_a^a f(t)\mathrm{d}t = 0 \quad \longleftarrow\!\!\!-\!-\!\!\!\longrightarrow \quad \sum_{m \leqslant k < m} a_k = 0$$

$$\int_a^b f(t)\mathrm{d}t + \int_b^c f(t)\mathrm{d}t = \int_a^c f(t)\mathrm{d}t \quad \longleftarrow\!\!\!-\!-\!\!\!\longrightarrow \quad \sum_{l \leqslant k < m} a_k + \sum_{m \leqslant k < n} a_k = \sum_{l \leqslant k < n} a_k$$

米尔迦：“将微积分的基本定理

$$\frac{\mathrm{d}}{\mathrm{d}x} \int_a^x f(t)\mathrm{d}t = f(x)$$

搬到离散的世界会变成

$$\sum_{m \leqslant k < n+1} a_k - \sum_{m \leqslant k < n} a_k = a_n$$

这是差和分的基本定理。”

蒂蒂：“这是……”

瑞谷老师：“放学时间到了。”

图书管理员瑞谷老师提醒后，我们便结束数学谈话。

剩下是我们回去自行消化的时间。

还有许多事情需要好好思考。

“那是决定好的事情？还是推导出来的事情？”

附录：定积分的两种定义形式

定积分有下面两种定义形式。

形式[1] 用面积定义定积分

形式[2] 用原函数定义定积分。

第 3 章说的是形式[1]，但在日本高中教的是形式[2]。两者只是形式上的不同而已，并没有说哪一种错误。

●原函数与不定积分（形式[1]与[2]的共同点）

函数 $F(x)$ 微分后等于函数 $f(x)$ 时，也就是

$$F'(x) = f(x)$$

成立时，可说

$F(x)$ 是 $f(x)$ 的原函数之一

例如，函数 x^2+x 是 $2x+1$ 的原函数之一，因为

$$(x^2+x)' = 2x+1$$

另外，函数 $x^2+x+100$ 也是 $2x+1$ 的原函数之一，因为

$$(x^2+x+100)' = 2x+1$$

一般来说，若 $F(x)$ 是 $f(x)$ 的原函数之一，则其他原函数可加任意常数 C，表示为

$$F(x)+C$$

其中，C 称为积分常数。

$f(x)$ 的原函数一般化表示后，称为 $f(x)$ 的不定积分，约定俗成写成

$$\int f(x)\mathrm{d}x$$

例如，

$$\int(2x+1)\mathrm{d}x$$

是函数 $2x+1$ 的不定积分。

令 $f(x)$ 的原函数之一为 $F(x)$，则 $f(x)$ 的不定积分可以表示成

$$\int f(x)\mathrm{d}x=F(x)+C \text{（}C\text{ 为积分常数）}$$

例如，函数 $2x+1$ 的原函数之一为 x^2+x，其不定积分可以表示为

$$\int(2x+1)\mathrm{d}x=x^2+x+C \text{（}C\text{ 为积分常数）}$$

●形式1　以面积定义定积分

形式1是以面积来定义定积分。

将函数 $f(t)$ 在区间 $[a, b]$ 所围成的图形面积表示为

$$\int_a^b f(t)\mathrm{d}t$$

定义为函数 $f(t)$ 在区间 $[a, b]$ 的定积分。但是，在 $f(t)<0$ 的范围，面积会变成负值。当下限 a 与上限 b 为常数时，定积分会是常数。将上限改为变量 x 的定积分

$$\int_a^x f(t)\mathrm{d}t$$

则可视为 x 的函数。

此函数对 x 微分后得到 $f(x)$，是微积分的基本定理，表示为

$$\frac{\mathrm{d}}{\mathrm{d}x}\int_a^x f(t)\mathrm{d}t = f(x)$$

这可以直观理解为“对积分后的函数微分会变回原状”，亦即‘积分是微分的逆运算’的性质。

由微积分的基本定理，可知

$$\int_a^b f(t)\mathrm{d}t = F(b)-F(a) = \Big[F(x)\Big]_a^b$$

$\Big[F(x)\Big]_a^b$ 是 $F(b)-F(a)$ 的简化写法。

●形式②　以原始函数定义定积分

形式①是以面积定义定积分，而形式②是以原函数定义定积分。

假设函数$f(x)$的原函数之一为$F(x)$，定义

$$F(b)-F(a)$$

是在区间$[a, b]$的定积分。然后，定积分$F(b)-F(a)$约定俗成写成

$$\int_a^b f(t)\mathrm{d}t$$

亦即

$$\int_a^b f(t)\mathrm{d}t = F(b)-F(a) = \big[F(x)\big]_a^b$$

其中，$\big[F(x)\big]_a^b$是$F(b)-F(a)$的简写形式。

将上限改为变量x的定积分

$$\int_a^x f(t)\mathrm{d}t$$

可以看作x的函数。

由定积分的定义，可知

$$\int_a^x f(t)\mathrm{d}t = F(x)-F(a)$$

两边同对x微分后，常数$F(a)$会是0，所以

$$\frac{\mathrm{d}}{\mathrm{d}x}\int_a^x f(t)\mathrm{d}t = F'(x)$$

又因为 $F(x)$ 是 $f(x)$ 的原函数之一，根据原函数的定义，可知

$$\frac{\mathrm{d}}{\mathrm{d}x}\int_a^x f(t)\mathrm{d}t = f(x)$$

这是微积分的基本定理。因为形式2是以原函数定义定积分，所以此式明显成立。

形式1的场合，由定积分的定义，明显可知定积分表示面积，但需要另外证明微积分的基本定理。

形式2的场合，由定积分的定义，明显可知微积分的基本定理，但需要另外证明定积分表示面积。

不管是形式1还是2，微积分的基本定理皆成立

$$\frac{\mathrm{d}}{\mathrm{d}x}\int_a^x f(t)\mathrm{d}t = f(x)$$

都能使用下式求定积分。

$$\int_a^b f(t)\mathrm{d}t = F(b) - F(a) = \left[F(x)\right]_a^b$$

第 3 章的问题

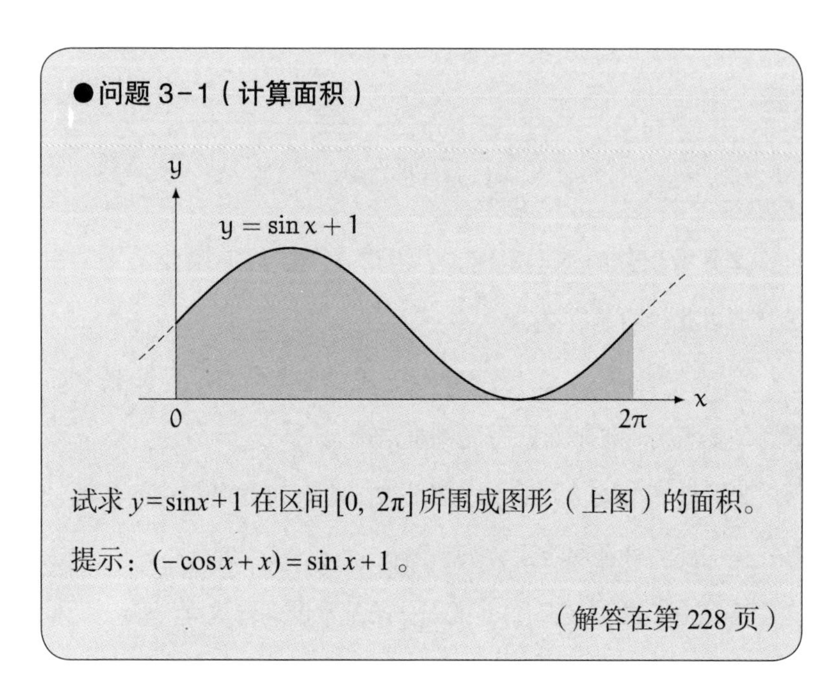

试求 $y=\sin x+1$ 在区间 $[0,\ 2\pi]$ 所围成图形（上图）的面积。

提示：$(-\cos x+x)=\sin x+1$ 。

（解答在第 228 页）

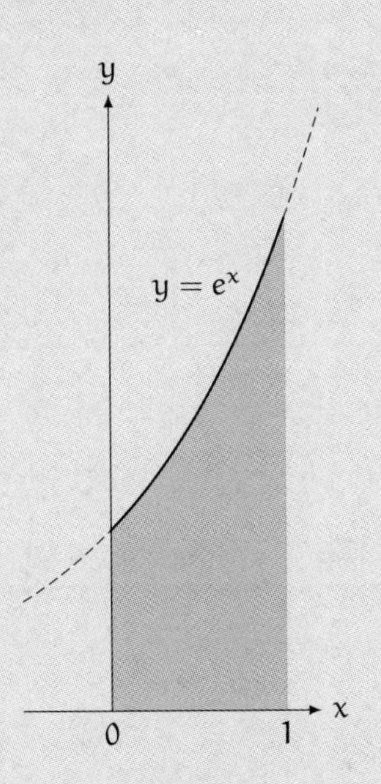

试求 $y=e^x$ 在区间 [0, 1] 所围成图形（上图）的面积。

提示：$(e^x)'=e^x$。

（解答在第 231 页）

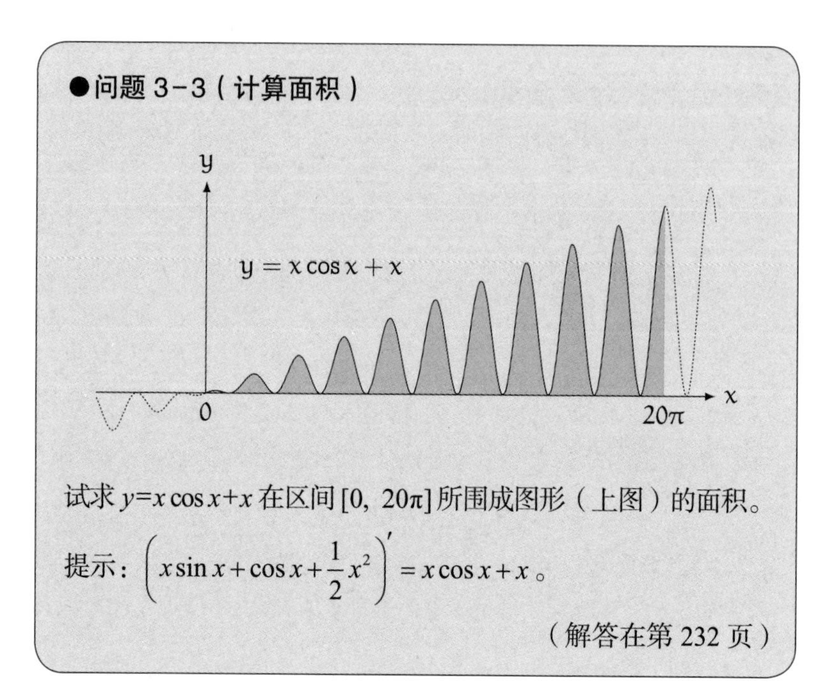

●问题 3-3（计算面积）

试求 $y=x\cos x+x$ 在区间 $[0,\ 20\pi]$ 所围成图形（上图）的面积。

提示：$\left(x\sin x+\cos x+\dfrac{1}{2}x^2\right)'=x\cos x+x$。

（解答在第 232 页）

第 4 章

看出式子形式

“仅仅一句话就能有许多发现。”

4.1 幂乘的形式

某天放学后。

走进图书室时，蒂蒂正呆呆地看着窗外。

我：“怎么了吗？蒂蒂。”

蒂蒂：“啊，学长！”

我：“我打扰到你了吗？”

蒂蒂：“不、不，没有哦。”

我：“我跟村木老师拿到‘问题卡’了哦。给你吧。”

村木老师的问题卡

$$\int(x+x+x)\mathrm{d}x$$

教数学的村木老师不时会发给我们“问题卡”，上里通常会出一些数学问题，但有时也会像这样只写一条数学式。

我们通过问题卡驰骋思绪，展开数学对话，然后，有时也会撰写报告。村木老师的“问题卡”总是带给我们欢乐。

蒂蒂：“这是积分的问题吗？”

我：“嗯……这题是要求不定积分，你应该能够解出这题哦。”

蒂蒂：“咦、好的！大概吧。因为 $x+x+x=3x$，这题是求微分后为 $3x$ 的函数嘛。所以……

$$\begin{aligned}\int(x+x+x)\mathrm{d}x &= \int 3x\mathrm{d}x && \text{因为 } x+x+x=3x \\ &= \frac{3}{2}x^2 && (?)\end{aligned}$$

……答案是 $\frac{3}{2}x^2$ 吗？”

我：“……你忘了积分常数。”

蒂蒂：“啊！对不起。在求不定积分时，不能漏掉积分常数。那么，

$$\int(x+x+x)\mathrm{d}x = \frac{3}{2}x^2 + C \quad (C\text{ 为积分常数})$$

才是答案。”

我：“……稍微验算一下吧。”

蒂蒂：“说的也是，必须要做验算……

$$\begin{aligned}\left(\frac{3}{2}x^2 + C\right)' &= \frac{3}{2}\cdot 2\cdot x + 0 && \text{对 } x \text{ 微分} \\ &= 3x && \text{计算}\end{aligned}$$

……嗯，的确变回 $3x$ 了，也就是 $x+x+x$！”

我：“嗯，正确。在求不定积分时，

- 不要忘记积分常数
- 微分确认能不能变回原状（验算）

这两点很重要。积分完毕，马上微分验算。经过一长串的计算，在最后才发现算错，那可就惨了。”

蒂蒂：“原来如此……”

我：“一般来说，在微分函数 x^n 时，会是

‘系数先乘上指数，再将指数减 1’

在积分函数 x^n 时，

‘指数先加 1，再将系数除以新指数’

会是这样。”

蒂蒂：“哈哈，刚好反过来。”

x^n 的微分

①系数乘以指数

$$(x^n)' = nx^{n-1}$$

②指数减 1

x^n 的积分

①指数加 1

$$\int x^n \, dx = \frac{1}{n+1} x^{n+1} + C$$

②系数除以新指数

4.2 相加形式

蒂蒂："为什么村木老师要写成 $x+x+x$ 呢？"

我："你想说……为什么不一开始就写成 $3x$ ？"

蒂蒂："对啊。$x+x+x=3x$，这样不是更清楚吗？"

我："村木老师可能是想让我们讨论'和的积分'吧。"

蒂蒂："和的积分？"

我："没错。'和的积分会是积分的和'哦。"

4.3　和的积分是积分的和

我：“把‘和的积分是积分的和’写成数学式，会像是这样。

对于两个可积分的函数 $f(x)$ 和 $g(x)$——”

“和的积分是积分的和”

对于两个可积分的函数 $f(x)$ 和 $g(x)$，下式成立

$$\int(f(x)+g(x))\mathrm{d}x=\int f(x)\mathrm{d}x+\int g(x)\mathrm{d}x$$

蒂蒂：“嗯，我懂了。两个函数的和是 $f(x)+g(x)$，积分后会是 $\int(f(x)+g(x))\mathrm{d}x$。所以，这个式子的左边是‘和的积分’。”

我：“对。”

蒂蒂：“然后，这个式子的右边是，两个积分 $\int f(x)\mathrm{d}x$ 和 $\int g(x)\mathrm{d}x$ 的和，所以是‘积分的和’。”

我：“是的。对于两个可积分的函数，此关系式成立。所以，记忆口诀可说成‘和的积分是积分的和’。”

$$\underbrace{\int(\overbrace{f(x)+g(x)}^{\text{和}})\mathrm{d}x}_{\text{和的积分}}=\underbrace{\overbrace{\int f(x)\mathrm{d}x}^{\text{积分}}+\overbrace{\int g(x)\mathrm{d}x}^{\text{积分}}}_{\text{积分的和}}$$

蒂蒂：“‘和的○○是○○的和’，之前好像也有出现过吧。”

我：“嗯，在讲微分的时候，也出现过‘和的微分是微分的和’。

还有，在讲概率的期望值时，也出现过‘和的期望值是期望值的和’。”

“和的微分是微分的和”

$$\underbrace{(\overbrace{f(x)+g(x)}^{\text{和}})'}_{\text{和的微分}} = \underbrace{\overbrace{f'(x)}^{\text{微分}}+\overbrace{g'(x)}^{\text{微分}}}_{\text{微分的和}}$$

“和的期望值是期望值的和”

$$\underbrace{E[\overbrace{X+Y}^{\text{和}}]}_{\text{和的期望值}} = \underbrace{\overbrace{E(X)}^{\text{期望值}}+\overbrace{E(Y)}^{\text{期望值}}}_{\text{期望值的和}}$$

蒂蒂：“对啊……不过，学长，为什么这个记忆口诀‘和的○○是○○的和’很重要？”

我：“唉？”

蒂蒂：“我了解公式的意义，但为什么要注意这个地方呢？”

我：“嗯，这个……该怎么说呢……我也没办法讲清楚，大概是要注意‘基本形式’吧。”

蒂蒂：“基本形式？对不起，我不太懂……”

我：“例如，我们遇到一道要求 $f(x)+g(x)$ 的积分的数学题。此时，‘哦，这是 $f(x)$ 加上 $g(x)$ 的形式！’解题的关键在于能不能看出式子形式。发现式子是相加形式，然后只要分别求 $f(x)$ 和 $g(x)$ 的积分就行了。所以，我才会说‘和的积分是积分的和’很重要。”

蒂蒂：“意思是只要逐个分别攻陷，最后就能攻陷整个和？”

我：“啊哈哈，没错，这的确是攻陷。在求期望值的时候，也是同样的做法[①]。看出概率变量是相加形式后，只要分别计算概率变量的期望值就行了。除了看出相加形式之外，有时需要主动改变式子形式，做出相加形式来解题哦。不论是微分、积分还是期望值，只要改变成相加形式，后面的处理就会简单许多。”

蒂蒂：“原来如此，这样我理解了！”

4.4　和的问题

我：“对了，你会解这题吗？”

问题 1

试求下面的不定积分

$$\int (x^2 + x + 1)(2x + 1)\mathrm{d}x$$

---

① 参见《数学女孩的秘密笔记本：统计篇》一书。

蒂蒂："嗯……这个要乘开吧？"

我："是的。因为'和的积分是积分的和'，所以自然会想乘开式子，把'相乘形式'转化为'相加形式'。"

蒂蒂："对啊，那么，我就先乘开 $(x^2+x+1)(2x+1)$。"

$$
\begin{array}{rrrr}
 & x^2 & +\;x & +1 \\
\times & & 2x & +1 \\
\hline
 & x^2 & x & 1 \\
2x^3 & 2x^2 & 2x & \\
\hline
2x^3 & +3x^2 & +3x & +1
\end{array}
$$

蒂蒂："因为 $(x^2+x+1)(2x+1)=2x^3+3x^2+3x+1$，所以求 $\int(x^2+x+1)(2x+1)\mathrm{d}x$，等同于求 $\int(2x^3+3x^2+3x+1)\mathrm{d}x$，再将这个拆开成相加，就能求出积分了。因为'和的积分是积分的和'啊！"

$$
\begin{aligned}
&\int(2x^3+3x^2+3x+1)\mathrm{d}x && \text{和的积分} \\
&=\int 2x^3\mathrm{d}x+\int 3x^2\mathrm{d}x+\int 3x\mathrm{d}x+\int 1\mathrm{d}x && \text{积分的和} \\
&=\frac{2x^4}{4}+\frac{3x^3}{3}+\frac{3x^2}{2}+x+C && \text{分别积分} \\
&=\frac{x^4}{2}+x^3+\frac{3x^2}{2}+x+C && \text{约分整理}
\end{aligned}
$$

蒂蒂："这样就可以了！ C 是积分常数。"

我："……"

蒂蒂："咦？我做错了吗？"

我："……你没有验算。"

蒂蒂："啊，我又忘记了！"

$$\left(\frac{x^4}{2}+x^3+\frac{3x^2}{2}+x+C\right)' = \frac{4x^3}{2}+3x^2+\frac{3\cdot 2x}{2}+1+0 \quad \text{做微分}$$

$$= 2x^3+3x^2+3x+1 \quad \text{整理计算}$$

蒂蒂：“确实是 $2x^3+3x^2+3x+1$，也就是变回 $(x^2+x+1)(2x+1)$！”

我：“嗯，你做得不错！”

解答 1

$$\int (x^2+x+1)(2x+1)\mathrm{d}x = \frac{x^4}{2}+x^3+\frac{3x^2}{2}+x+C$$

（C 为积分常数）

4.5　常数倍

我：“除了‘和的积分是积分的和’之外，‘常数倍的积分是积分的常数倍’也是重要的性质哦。”

“常数倍的积分是积分的常数倍”

对于可积分函数 $f(x)$ 与常数 a，下面数学式会成立。

$$\int af(x)\mathrm{d}x = a\int f(x)\mathrm{d}x$$

蒂蒂："嗯……比如说

$$\int 2x\mathrm{d}x = 2\int x\mathrm{d}x$$

像是这样吗？"

我："没错。你举的例子是令 $f(x)=x$ 、$a=2$。'和的积分是积分的和'和'常数倍的积分是积分的常数倍'，这两个性质合称为'积分的线性性质'哦。全部写在一个数学式中的话，会像是这样。"

"积分的线性性质"

对于两个可积分函数 $f(x)$ 、$g(x)$ 与两个常数 a、b，下面数学式成立。

$$\int (af(x)+bg(x))\mathrm{d}x = a\int f(x)\mathrm{d}x + b\int g(x)\mathrm{d}x$$

蒂蒂："那、那个……学长？这个'积分的线性性质'的数学式，是看一下就能明白的式子吗？"

我："唉，为什么这样问？"

蒂蒂："嗯……刚刚学长说了'积分的线性性质'，就列出这条数学式。

$$\int (af(x)+bg(x))\mathrm{d}x = a\int f(x)\mathrm{d}x + b\int g(x)\mathrm{d}x$$

因为学长前面先讲了‘和’，接着又讲‘常数倍’，最后才提出‘线性性质’，所以我才能看懂这个式子。但是，如果我一个人翻书学习，突然出现这个式子的话，一下子蹦出 a、b、$f(x)$、$g(x)$，我肯定会一头雾水吧……”

我：“嗯，对第一次看到的人来说，线性性质或许有点难。但是，对曾经接触过线性性质的人来说，或许马上能够理解：‘啊，这是在讲相加和常数倍嘛’。”

蒂蒂：“意思是……习惯的问题？”

我：“对，习惯影响很大。不过，这边有数学式的解读诀窍。”

蒂蒂：“数学式的解读诀窍！我想要知道这个！”

我：“别这么兴奋，这不是什么了不起的诀窍。在解读数学式时，不要只看琐碎的个别项，而是要‘看整体的式子形式’。”

蒂蒂：“整体的式子形式？”

我：“举例来说，在刚才的‘积分的线性性质’，出现许多积分符号、dx 等标示。虽然注意这些标示很重要，但也要多观察式子是什么形式哦。”

蒂蒂：“嗯……”

我：“‘积分的线性性质’是指，

$$af(x)+bg(x) \text{ 的积分}$$

等同于

将 $f(x)$ 、$g(x)$ 的积分

分别乘上 a 倍、b 倍后相加起来。

换句话说，可将‘整体积分’的形式转化为‘各别积分’的形式。”

看积分线性性质的“综观形式”

$$\int (af(x)+bg(x))\mathrm{d}x \qquad \text{整体积分}$$
$$= a\int f(x)\mathrm{d}x + b\int g(x)\mathrm{d}x \qquad \text{个别积分}$$

蒂蒂：“啊啊，好像真的是这样。改成这样的解说，就非常容易理解了。这也是观察‘基本形式’吧。”

我：“没错。我们也可以这样来看式子哦，将 $\int \cdots \mathrm{d}x$ 积分式，拆解成‘和’和‘常数倍’，就能深入式子的重要部分。”

将积分拆解成“和”和“常数倍”

$$\int (af(x)+bg(x))\mathrm{d}x \qquad \text{整体积分}$$
$$= \int af(x)\mathrm{d}x + \int bg(x)\mathrm{d}x \qquad \text{拆解成“和”}$$
$$= a\int f(x)\mathrm{d}x + b\int g(x)\mathrm{d}x \qquad \text{拆解成“常数倍”}$$

蒂蒂：“原来如此……”

4.6 幂级数的形式

我：“蒂蒂，你会做这个积分吗?”

$$\int x^2 \mathrm{d}x = ?$$

蒂蒂：“会哦，没问题。因为是 $\int x^n \mathrm{d}x$ 的形式，所以指数先加 1，再将系数除以新指数……”

$$\int x^2 \mathrm{d}x = \frac{1}{3}x^3 + C \qquad (C \text{ 为积分常数})$$

我：“没错。”

蒂蒂：“啊，还要微分验算!

$$\left(\frac{1}{3}x^3 + C\right)' = \frac{3}{3}x^2 + 0 = x^2$$

嗯，真的变回 x^2 了!”

我：“那么，以此类推，你会做这个积分吗?”

$$\int \frac{1}{5!}x^5 \mathrm{d}x = ?$$

蒂蒂：“咦? 这有点不一样吧。5! 是 5×4×3×2×1 吗? 这是 5 的阶乘。”

我：“是的。不过，你算一下就会知道答案了。”

蒂蒂：“指数先加 1，再将系数除以新指数……啊!”

$$\begin{aligned}\int \frac{1}{5!}x^5 \mathrm{d}x &= \frac{1}{5!}\cdot\frac{1}{6}x^6 + C && \text{积分} \\ &= \frac{1}{6\times 5!}x^6 + C \\ &= \frac{1}{6!}x^6 + C && \text{因为 } 6\times 5! = 6!\end{aligned}$$

我：“注意到了吗？”

蒂蒂：“嗯。计算过程中，6 乘上 5! 会变成 6! 吧！

$$6\times 5! = 6\times \underbrace{5\times 4\times 3\times 2\times 1}_{5!} = 6!$$

积分前‘有两个 5’——

$$\int \frac{1}{5!}x^5 \mathrm{d}x = \cdots \qquad \text{有两个 5}$$

——积分后变成‘有两个 6’！

$$\cdots = \frac{1}{6!}x^6 + C \qquad \text{有两个 6}$$

这真有意思！”

我：“对吧。这是讨论 $\int \frac{1}{5!}x^5 \mathrm{d}x$，但

$$\int \frac{1}{n!}x^n \mathrm{d}x = \frac{1}{(n+1)!}x^{n+1} + C$$

一般式会变成这样。”

蒂蒂：“真的。因为 $(n+1)\times n! = (n+1)!$ 啊！”

$\int \frac{1}{n!}x^n \mathrm{d}x$ 形式的积分

$$\int \frac{1}{0!}x^0 \mathrm{d}x = \frac{1}{1!}x^1 + C$$

$$\int \frac{1}{1!}x^1 \mathrm{d}x = \frac{1}{2!}x^2 + C$$

$$\int \frac{1}{2!}x^2 \mathrm{d}x = \frac{1}{3!}x^3 + C$$

$$\int \frac{1}{3!}x^3 \mathrm{d}x = \frac{1}{4!}x^4 + C$$

$$\int \frac{1}{4!}x^4 \mathrm{d}x = \frac{1}{5!}x^5 + C$$

$$\int \frac{1}{5!}x^5 \mathrm{d}x = \frac{1}{6!}x^6 + C$$

$$\vdots$$

$$\int \frac{1}{n!}x^n \mathrm{d}x = \frac{1}{(n+1)!}x^{n+1} + C$$

我：“再进一步使用‘和的积分是积分的和’，可以变形成这么有趣的式子。”

$$\int \left(\frac{1}{0!}x^0 + \frac{1}{1!}x^1 + \frac{1}{2!}x^2 + \cdots + \frac{1}{n!}x^n \right) \mathrm{d}x$$
$$= \frac{1}{1!}x^1 + \frac{1}{2!}x^2 + \cdots + \frac{1}{n!}x^n + \frac{1}{(n+1)!}x^{n+1} + C$$

蒂蒂：“学长的意思是，虽然积分后看起来不同，但都是‘相同的形式’？”

我：“是的。”

蒂蒂："最后的'尾巴'好可惜哦。"

我："尾巴？你是指 $\frac{1}{(n+1)!}x^{n+1}$ 的地方？"

蒂蒂："嗯，对啊。因为不同的地方就只有 C。"

我："这个……这边会使用'无穷级数'哦，蒂蒂。换句话说，就是把这个式子看作一个函数。"

$$\frac{1}{0!}x^0+\frac{1}{1!}x^1+\frac{1}{2!}x^2+\frac{1}{3!}x^3\cdots+\frac{1}{n!}x^n+\cdots$$

蒂蒂："这个式子……好像在哪里看过。"

我："这是将指数函数 e^x 幂级数展开的形式哦！"

指数函数 e^x

$$\mathrm{e}^x=\frac{1}{0!}x^0+\frac{1}{1!}x^1+\frac{1}{2!}x^2+\frac{1}{3!}x^3\cdots+\frac{1}{n!}x^n+\cdots$$

蒂蒂："为什么 e^x 突然出现在这边？"

我："指数函数 e^x 微分后会变回原来的本身。另外，指数函数 e^x 积分后也会变回本身，但会多了一个积分常数。严格来说，这得先证明无穷幂级数的各项可以积分。"

指数函数微分后会变回本身

$$(\mathrm{e}^x)'=\mathrm{e}^x$$

指数函数积分后也会变回本身

（但会多一个积分常数）

$$\int e^x dx = e^x + C$$

蒂蒂：“啊，所以才会另外给它取名字吧！”

我：“咦？”

蒂蒂：“因为微分或积分后都不会改变，所以才另外称为指数函数，提醒大家要注意它嘛。”

我：“……”

蒂蒂：“‘不变的东西才有命名的价值’。不会改变的东西、保持相同形状的东西、会一直留在该处的东西等，这些东西才值得给予‘名字’——米尔迦学姐经常这么说。”

我：“原来如此，的确！函数微分后会变成不同的函数；函数积分后会变成不同的函数。但是，指数函数 e^x 微分后不变，积分后也不变。指数函数就像是不会移动的点！不管是微分还是积分，e^x 都不为所动。”

蒂蒂：“嗯，是啊！学长前面就是在讲这件事情吗？”

我：“不是，我没有想得那么多。我只是想说……指数函数 e^x 的形式是幂级数的展开，我们能够知道微分、积分后的变化，指数 n 和分母的阶乘 $n!$ 全部搅和在一起很有趣。”

蒂蒂：“我现在也能够了解它有趣在哪里了！”

4.7 相乘形式

蒂蒂：“学长，我有问题。前面不断强调把式子改为‘相加形式’积分，但‘相乘形式’一定要改成‘相加形式’吗？”

我：“也不一定要这么做。‘相乘形式’也是可以积分。因为‘积分是微分的逆运算’，所以只要把微分的公式反过来，就能够推导出积分的公式。”

蒂蒂：“推导出……积分的公式？公式可以自己推导吗？”

我：“嗯，可以哦。一般来说，

‘函数 $F(x)$ 微分后会是函数 $f(x)$’

把这个微分公式反过来推导，

‘函数 $f(x)$ 积分后会是函数 $F(x)+C$’

就能推导出积分公式。”

蒂蒂：“原来如此。学长的意思是，如果想要得出‘相乘形式’的积分公式，只要找到让微分结果变成‘相乘形式’的公式就行了？”

我：“就是这样！不愧是蒂蒂，领悟得很快啊。”

蒂蒂：“但是，让微分结果变成‘相乘形式’的公式……对不起，我想不太出来。”

我：“嗯，微分结果不用完完全全变成‘相乘形式’哦。只要多观察一些有出现‘相乘形式’的微分公式，你就能够体会了。例如，你还记得这样的公式吗?”

出现“相乘形式”的微分公式

$$(f(x)g(x))' = f'(x)g(x) + f(x)g'(x)$$

蒂蒂：“呜……我没有印象。对不起。”

我：“没关系，你不必道歉，但这个公式经常会用到。那么，从这里……”

蒂蒂：“稍微等我一下。这个公式要怎么解读？可以告诉我‘读法’、‘想法’或者‘记法’吗?”

我：“啊，说的也是。遇到不熟悉的公式、没有印象的公式时，先观察‘式子形式’非常重要。嗯……虽然稍微偏离积分，但我先来说明这个式子吧。”

蒂蒂：“对不起……”

我：“因为是公式，所以函数会用 $f(x)$ 、 $g(x)$ 等一般化写法。但是，$f(x)$ 、 $g(x)$ 是表示 x^2+x+1 、$\sin x$、e^x 等 x 的函数。”

蒂蒂：“嗯，这个我知道。”

我："然后，我们再回头看一次整个'式子形式'。这个会是'等式'。"

$$(f(x)g(x))' = f'(x)g(x) + f(x)g'(x)$$

蒂蒂："是啊，因为有等号出现。"

我："这是主张左边和右边相等。"

蒂蒂："啊，这是'数学主张'啊。米尔迦学姐前几天有说过。"

我："对啊。然后，我们接着注意式子的左边，左式是用来表示什么？"

$$(f(x)g(x))'$$

蒂蒂："我知道，这是微分。"

我："再深入一点呢？$f(x)g(x)$ 是两个函数 $f(x)$ 和 $g(x)$ 相乘的函数。那么，$(f(x)g(x))'$ 又会是什么呢？"

蒂蒂："好的。$(f(x)g(x))'$ 是函数 $f(x)g(x)$ 微分后——"

我："微分后？"

蒂蒂："微分后的东西，好像怪怪的，嗯……该怎么表述才好？"

我："要说成微分后的函数。这个式子 $(f(x)g(x))'$ 表示'函数 $f(x)g(x)$ 微分后得到的函数'哦，蒂蒂。"

$(f(x)g(x))'$ 是函数 $f(x)g(x)$ 微分后得到的函数

蒂蒂："……"

我：“微分后得到的函数称为导函数，也可以说是‘函数 $f(x)g(x)$ 的导函数’”

$$(f(x)g(x))' \text{ 是函数 } f(x)g(x) \text{ 的导函数}$$

蒂蒂：“……”

我：“讲到这里，有问题吗？”

蒂蒂：“嗯，没问题……那个，学长。我刚才回答不出学长的问题，不知道左式‘是什么？’”

我：“嗯，是啊。”

蒂蒂：“但是，仔细想想，不知道‘是什么？’很糟糕吧。这表示我不知道‘式子表示什么内容’……”

我：“这样很棒，蒂蒂。在解读式子的时候，一项一项仔细思考，确认自己是不是真的理解，是非常重要的事情。那么，这次我们来讨论右边吧。你认为右式这是表示什么？”

$$f'(x)g(x)+f(x)g'(x)$$

蒂蒂：“好的，$f'(x)g(x)$ 是‘函数 $f(x)$ 微分后的函数乘上函数 $g(x)$’。然后，$f(x)g'(x)$ 是‘函数 $f(x)$ 乘上函数 $g(x)$ 微分后的函数’，而 $f'(x)g(x)+f(x)g'(x)$ 则是上面两个乘积的和。”

我：“就是这样。$f'(x)g(x)$ 是 $f'(x)$ 和 $g(x)$ 两个函数的积；$f(x)g'(x)$ 是 $f(x)$ 和 $g'(x)$ 两个函数的积，而 $f'(x)g(x)$ 和 $f(x)g'(x)$ 两个

都是函数哦。右式的$f'(x)g(x)+f(x)g'(x)$也会是函数。”

蒂蒂：“对啊！全部都是函数！”

我：“没错。解读到这里，我们再回头看一次整个公式吧。”

$$(f(x)g(x))' = f'(x)g(x)+f(x)g'(x)$$

蒂蒂：“嗯。整体是等式，左边是函数，右边也是函数。”

我：“是的。整个公式的‘数学主张’——

对‘相乘形式’的函数$f(x)g(x)$微分后，会等于函数$f'(x)g(x)+f(x)g'(x)$。

——可以这样解读。”

蒂蒂：“……”

我：“讲到这边，就能了解这个公式的用法了哦。当我们想要对某函数微分时，如果这个函数是相乘形式，就可套用这个公式推出右边的导函数，用法像是这样。虽然说明有些冗长。”

蒂蒂：“不会。这样非常好理解！”

我：“你现在可能没办法马上记住，但只要多练习，马上就能熟记了哦。然后，我们回来讨论积分吧。”

4.8 从微分到积分

我：“将这个微分公式

$$(f(x)g(x))' = f'(x)g(x) + f(x)g'(x)$$

反过来推导，就能得到积分的公式……蒂蒂知道怎么做吗？”

蒂蒂：“反过来推导……对不起，我只能猜到大概而已。”

我：“嗯，那么，你说一下猜到的‘大概’。”

蒂蒂：“像是……对公式的两边积分吗？”

我：“没错！这样就可以了哦。你试着对两边积分，分别加上 $\int \cdots \mathrm{d}x$。”

$$(f(x)g(x))' = f'(x)g(x) + f(x)g'(x) \qquad \text{微分的公式}$$

$$\int (f(x)g(x))' \mathrm{d}x = \int (f'(x)g(x) + f(x)g'(x)) \mathrm{d}x \qquad \text{对两边积分}$$

蒂蒂：“好的。”

我：“左边从内侧往外侧看的话，会变成对 $f(x)g(x)$ 先微分再积分吧？”

$$\underbrace{\int \overbrace{f(x)g(x)'}^{\text{微分}} \mathrm{d}x}_{\text{积分}}$$

蒂蒂：“的确会是这样。”

我：“因为是对 $f(x)g(x)$ 先微分再积分，所以最后会变成 $f(x)g(x)+C$。因此，下面的数学式成立。”

$$\int (f(x)g(x))' \mathrm{d}x = \int (f'(x)g(x) + f(x)g'(x)) \mathrm{d}x \qquad \text{由上式得到}$$

$$f(x)g(x) + C = \int (f'(x)g(x) + f(x)g'(x)) \mathrm{d}x \qquad \text{左式变成} f(x)g(x)+C$$

蒂蒂："原来如此。"

我："这次换看右边吧。直接可以看出是相加的形式。因为'和的积分是积分的和'，所以积分符号可以直接拆解到里面。"

$f(x)g(x)+C=\int(f'(x)g(x)+f(x)g'(x))\mathrm{d}x$	由上式得到
$f(x)g(x)+C=\int(f'(x)g(x)\mathrm{d}x+\int f(x)g'(x)\mathrm{d}x$	"和的积分是积分的和"

蒂蒂："好的。"

我："由这个式子，就能得到积分的公式"

$f(x)g(x)+C=\int f'(x)g(x)\mathrm{d}x+\int f(x)g'(x)\mathrm{d}x$	由上式得到
$f(x)g(x)-\int f'(x)g(x)\mathrm{d}x+C=\int f(x)g'(x)\mathrm{d}x$	移项
$\int f(x)g'(x)\mathrm{d}x=f(x)g(x)-\int f'(x)g(x)\mathrm{d}x+C$	交换左右两边

部分积分的公式

$$\int f(x)g'(x)\mathrm{d}x=f(x)g(x)-\int f'(x)g(x)\mathrm{d}x+C$$

蒂蒂："这就是积分的公式？"

我："没错。这是从'微分公式'推导出的'积分公式'之一，称为部分积分的公式。"

蒂蒂："这样的公式……太难了啊！"

我:“没有这回事哦。虽然看起来很难，但你注意一下左边。”

$$\int f(x)g'(x)\mathrm{d}x$$

蒂蒂:“好的。”

我:“在对 $f(x)$ 和 $g'(x)$ 的‘相乘形式’函数积分时，能够使用这个公式。稍微注意一下‘式子形式’，微分的公式是 $f(x)$ 和 $g(x)$ 的‘相乘形式’，但积分公式的其中一边为导函数，变成 $f(x)$ 和 $g'(x)$ 的‘相乘形式’。看出‘式子形式’后，积分会变得容易许多。”

蒂蒂:“好的……不对！不行啊。”

我:“咦？”

蒂蒂:“这是用来计算左边积分的公式吧。但是，右式还有另外一个积分哦？”

$$\underbrace{\int f(x)g'(x)\mathrm{d}x}_{\text{积分}} = f(x)g(x) - \underbrace{\int f'(x)g(x)\mathrm{d}x}_{\text{积分}} + C$$

我:“嗯，你问得非常好。但是，没问题的。”

蒂蒂:“可是，还有留下积分没做……”

我:“嗯，一般容易这样误会，但没有问题。这个公式的目的

是，改变积分函数的‘式子形式’。这公式是用在想要通过改变‘式子形式’，让式子比较容易积分的时候。”

蒂蒂:“改变‘式子形式’是指，将 $f(x)g'(x)$ 变为 $f'(x)g(x)$ 吗？”

我：“嗯，没错！在这个公式当中，左式的积分对象是$f(x)g'(x)$，但右式的积分对象是$f'(x)g(x)$。重点就在这里，你留意一下‘式子形式’！”

$$\int f(x)g'(x)\mathrm{d}x = f(x)g(x) - \int f'(x)g(x)\mathrm{d}x + C$$

蒂蒂：“这样积分会比较容易做吗？我实在看不出来……”

我：“嗯，那么，我们来看个简单的例子吧。不用担心，你马上就会觉得‘原来如此’。下面这题是相乘形式的不定积分。”

问题 2（相乘形式的不定积分）

$$\int x\mathrm{e}^x\mathrm{d}x$$

蒂蒂：“……这是要对 x 乘上 e^x 的函数积分，也就是试求不定积分的意思吧。”

我：“没错。‘相加形式’可以使用线性性质来做，但这题是‘相乘形式’，不能用线性性质。但是，$x\mathrm{e}^x$ 的积分也没办法马上想到做法。”

蒂蒂：“该怎么做才好？我完全没有头绪……”

我：“嗯，$\int x\mathrm{e}^x\mathrm{d}x$ 这个式子是表示

$x\mathrm{e}^x$ 的不定积分

换句话说，

微分后变成xe^x的一般式函数

你能够想到哪个函数微分后会变成xe^x吗?”

蒂蒂:“不行，我想不到。若是‘x’或者‘e^x’的话，我还能够知道……”

我:“这是重要的提示。

说到‘微分后变成x的函数’，会想到$\frac{1}{2}x^2+C$

说到‘微分后变成e^x的函数’，会想到e^x+C

单独一项的话还能够处理，但是两项乘在一起变成xe^x的话，就不知道该怎么办了。”

蒂蒂:“……”

我:“那么，我们试着把$\int xe^x dx$套用部分积分的公式吧!”

蒂蒂:“好的!”

4.9 套用部分积分的公式

我:“套用的时候，将部分积分的公式和问题中的式子摆在一起。”

蒂蒂:“这样做吗?”

$$\int f(x)g'(x)\mathrm{d}x = f(x)g(x) - \int f'(x)g(x)\mathrm{d}x + C \qquad \text{部分积分的公式}$$

$$\int x\mathrm{e}^x\mathrm{d}x = ？？？ \qquad \text{问题中的式子}$$

我：“对照部分积分的公式和‘相乘形式’的函数 $x\mathrm{e}^x$。然后，观察哪个部分对应 $f(x)$、哪个部分对应 $g(x)$，例如 $f(x)=x$、$g(x)=\mathrm{e}^x$。这样做的话会如何呢？”

蒂蒂：“嗯…… e^x 微分后形式不变，$g(x)$ 代入 e^x 的话，$g'(x)$ 也会是 e^x。所以，这个公式左边出现的 $f(x)g'(x)$ 会是 $x\mathrm{e}^x$……”

我：“没错，就是这样！而且，令 $f(x)=x$ 的话，则 $f(x)=1$，式子会变得非常简洁！”

蒂蒂：“这样转换的话，我好像也能做出来……”

$$\int f(x)g'(x)\mathrm{d}x = f(x)g(x) - \int f'(x)g(x)\mathrm{d}x + C \qquad \text{部分积分的公式}$$

$$\int x(\mathrm{e}^x)\mathrm{d}x = x\mathrm{e}^x - \int (x)'\mathrm{e}^x\mathrm{d}x + C \qquad \text{令 } f(x)=x\text{，} g(x)=\mathrm{e}^x$$

$$= x\mathrm{e}^x - \int 1\mathrm{e}^x\mathrm{d}x + C \qquad \text{因为 } (x)'=1$$

$$= x\mathrm{e}^x - \int \mathrm{e}^x\mathrm{d}x + C \qquad \text{因为 } 1\mathrm{e}^x = \mathrm{e}^x$$

$$= x\mathrm{e}^x - (\mathrm{e}^x + C) + C \qquad (？)$$

$$= x\mathrm{e}^x - \mathrm{e}^x - C + C \qquad (？？)$$

$$= x\mathrm{e}^x - \mathrm{e}^x \qquad \text{(积分常数相减消去了！)}$$

我："错了，不定积分的积分常数为任意数值，不同的不定积分不能使用相同的字母 C。这边应该先假设常数为 C_1、C_2，最后再将 C_1-C_2 改为 C。"

$$\begin{aligned}\int xe^x dx &= xe^x - \int e^x dx + C_1 \\ &= xe^x - (e^x + C_2) + C_1 \\ &= xe^x - e^x + (C_1 - C_2) \\ &= xe^x - e^x + C\end{aligned}$$

蒂蒂："好哦。"

我："虽然前面详细写出式子的变换过程，但像这样推导就不会出错。因为积分常数是任意常数。"

$$\begin{aligned}\int xe^x dx &= xe^x - \int e^x dx + C \\ &= xe^x - e^x + C\end{aligned}$$

解答 2（相乘形式的不定积分）

$$\int xe^x dx = xe^x - e^x + C \ (C \text{ 为积分常数})$$

蒂蒂："稍微等一下。这里要对 $xe^x - e^x + C$ 微分，验算会不会真的变回 xe^x！"

$$\begin{aligned}&(xe^x - e^x + C)' && \text{对解答 2 的函数微分} \\ &= (xe^x)' - (e^x)' + (C)' && \text{微分的线性性质}\end{aligned}$$

$$
\begin{aligned}
&= (xe^x)' - (e^x)' && \text{因为 } (C)' = 0 \\
&= (xe^x)' - e^x && \text{因为 } (e^x)' = e^x \\
&= (x)'e^x + x(e^x)' - e^x && \text{由微分公式得出} \\
&= 1e^x + xe^x - e^x && \text{因为 } (e^x)' = e^x \\
&= e^x + xe^x - e^x && \text{因为 } 1e^x = e^x \\
&= xe^x
\end{aligned}
$$

蒂蒂：“学长！真的变回 xe^x 了！”

我：“蒂蒂，你看起来很高兴啊。”

蒂蒂：“验算过程用到微分公式的时候，我就知道‘啊，最后会变回原状’。看似多余的 e^x，最后会相减消去啊！”

我：“你开始熟悉‘式子形式’了吧。所以，你才会去确认‘ $xe^x - e^x + C$ ’形式的函数，微分后是不是真的会变回函数 xe^x 。”

蒂蒂：“原来如此。前面学长讲的事情，我好像稍微理解了。”

我：“前面的事情？”

蒂蒂：“前面我怀疑两边都有积分的话哪能做出来，并感到慌张，但就像学长所说的，没有这回事。左边的积分是 $\int xe^x dx$ 、右边的积分是 $\int e^x dx$ ，两个的确都是积分，但右边的 $\int e^x dx$ 一点都不难。因为我知道指数函数 e^x 不管微分还是积分，都会变回本身。e^x 是我的好朋友！”

我：“看来蒂蒂已经完全理解了。积分只要稍微改变‘式子形式’，计算就有可能突然变得简单许多。”

4.10　式子形式

蒂蒂：“……学长。我突然有一个想法，虽然可能很无聊，但你能听我说吗？”

我：“每当你这么说的时候，都不会是无聊的想法哦。”

蒂蒂：“咦？啊！真的吗……？”

我：“抱歉，打断你说话。你想到什么事情？”

蒂蒂：“那个，我理解了观察‘式子形式’的重要性。例如，我之所以能够马上做出 x^2 的积分，是因为它是 x^n 的‘式子形式’。”

我：“嗯，没错。这是‘幂乘形式’。”

蒂蒂：“对啊……然后，我也能做出 x^2+x+1 的积分。因为‘式子形式’是‘相加形式’的缘故。”

我：“嗯，说得不错。”

蒂蒂：“虽然到这里我还都能理解，但部分积分的公式超级麻烦，需要更进一步看出‘式子形式’。”

我：“更进一步看出？”

蒂蒂：“对啊。例如，虽然 $x\mathrm{e}^x$ 是‘相乘形式’，但在积分的时候，需要进一步看出它是 $x(\mathrm{e}^x)'$。”

我：“没错。这需要看出 $x\mathrm{e}^x = x(\mathrm{e}^x)'$。”

蒂蒂：“所以，我得先知道‘e^x 微分后会是 e^x’才行。”

我："嗯……"

蒂蒂："再来，在对照右边出现的$f'(x)g(x)$时，我得看出x微分后是1，这样积分起来会比较容易……这样真的很繁琐。"

我："说的也是。如果不知道'某式子微分后会变成什么样子'，就没办法熟练掌握积分公式。知道有幂乘、相加、相乘、常数倍等'式子形式'，并了解微分后'式子形式'的变化，才能够顺利做出积分。虽然过程真的很繁琐，但顺利做出积分后，会非常有趣哦。你可以实际体会到：我看出'式子形式'了！"

蒂蒂："真的耶！学长刚才明明是要做出'积分公式'，却使用到'微分公式'。还有，明明是做积分的运算，却需要用到微分的知识。这真的很不可思议。微分和积分明明是相反的运算。不对，正因为是相反的运算，所以才会这样吧。"

我："我常觉得'微分和积分的关系'，就像是'展开和因式分解的关系'哦，蒂蒂。"

蒂蒂："咦？"

我："你看，'展开'$(a+b)^2$没有很困难，直接$(a+b)$乘上$(a+b)$就行了，不会做不出来。但是，在对$a^2+2ab+b^2$做'因式分解'时，没有看出'式子形式'就会卡住。因式分解远比展开还要难。"

蒂蒂："啊，真的！我不太会做因式分解……"

$$(a+b)^2 \underset{\text{因式分解（困难）}}{\overset{\text{展开（简单）}}{\rightleftarrows}} a^2+2ab+b^2$$

我：“微分和积分的关系也很类似哦。微分只要努力总有办法做出来，因为不管相加形式或者相乘形式，都能够微分。但是，积分却不是这么回事。就像前面 xe^x 的简单相乘，若没有看出式子的形式，也就无计可施了。”

$$xe^x-e^x+C \underset{\text{积分（困难）}}{\overset{\text{微分（简单）}}{\rightleftarrows}} xe^x$$

蒂蒂：“原来如此。”

我：“不过，庆幸的是‘积分是微分的逆运算’，只要知道微分公式，就能够反过来推导出积分公式。”

蒂蒂：“嗯，就像刚才一样啊。”

我：“然后，这也相似于只要知道展开公式，就能反过来做出因式分解的公式。这个地方也会让人觉得，‘微分和积分的关系’就像‘展开和因式分解的关系’。”

蒂蒂：“真的……虽然运算本身完全不同，但它们的关系好像哦。”

我：“然后，有趣的是，无论是展开和因式分解，还是微分和积分，都跟‘式子形式’有着密切的关系。看出‘式子形式’，真的很有意思哦。”

蒂蒂：“式子形式……”

瑞谷老师：“放学的时间到了。”

图书管理员瑞谷老师提醒后，我们便结束数学谈话。

相加形式、相乘形式等，看出隐藏的“式子形式”后，就能开启新的世界。

“仅仅求出一个积分，就能有许多发现。”

附录：相乘微分

函数相乘的微分

$$(f(x)g(x))' = f'(x)g(x) + f(x)g'(x)$$

下面试着以图形证明上式成立。

●讨论左式 $(f(x)g(x))'$

首先，将$f(x)g(x)$想成是宽$f(x)$、长$g(x)$的长方形面积。此面积会是x的函数，令此函数为$S(x)$，则

$$S(x) = f(x)g(x)$$

当x增加$h(h>0)$时，长方形的面积会从$S(x)$增加为$S(x+h)$。令长方形的增加量为ΔS，则

$$\Delta S = S(x+h) - S(x)$$

这边将ΔS视为一个变量来处理，则ΔS可由为下页的图示表示出来。

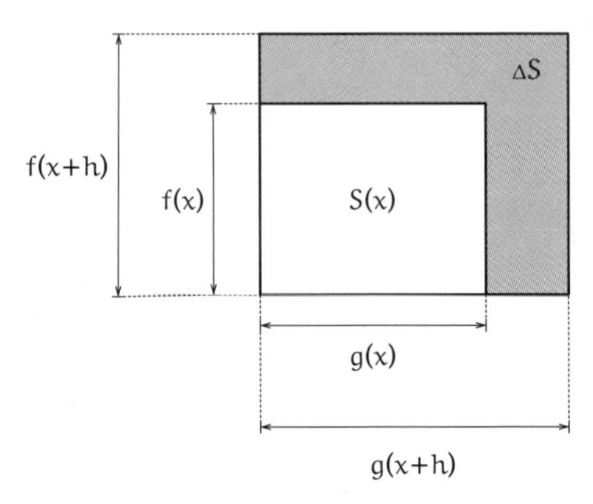

假设面积 $S(x)$ 的增加量为 ΔS

●讨论右式 $f'(x)g(x)+f(x)g'(x)$

当 x 增加 $h(h>0)$ 时，令 $f(x)$ 的增加量为 Δf； $g(x)$ 的增加量为 Δg，则

$$\Delta f = f(x+h)-f(x)$$
$$\Delta g = g(x+h)-g(x)$$

这边将 Δf 和 Δg 分别视为一个变量来处理。

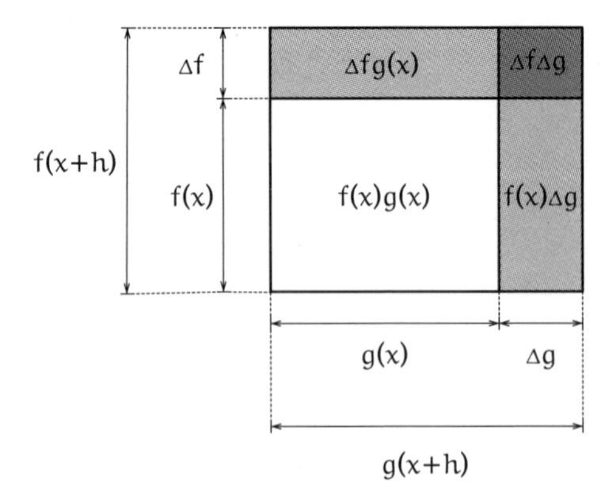

由上图可知：

$$\Delta S = \underbrace{\Delta f g(x)}_{\text{“上”}} + \underbrace{f(x)\Delta g}_{\text{“右”}} + \underbrace{\Delta f \Delta g}_{\text{“右上角”}}$$

将 ΔS 的式子代入

$S(x+h) - S(x) = \Delta f g(x) + f(x)\Delta g + \Delta f \Delta g$

两边同除以 h

$$\begin{aligned}\frac{S(x+h)-S(x)}{h} &= \frac{\Delta f g(x)}{h} + \frac{f(x)\Delta g}{h} + \frac{\Delta f \Delta g}{h} \\ &= \frac{f(x+h)-f(x)}{h} \cdot g(x) \\ &\quad + f(x) \cdot \frac{g(x+h)-g(x)}{h} \\ &\quad + \frac{f(x+h)-f(x)}{h} \cdot (g(x+h)-g(x))\end{aligned}$$

取 $h \to 0$ 的极限

$$\begin{aligned}&\frac{S(x+h)-S(x)}{h} \to S'(x) \\ &\frac{f(x+h)-f(x)}{h} \cdot g(x) \to f'(x)g(x) \\ &f(x) \cdot \frac{g(x+h)-g(x)}{h} \to f(x)g'(x) \\ &\frac{f(x+h)-f(x)}{h} \cdot (g(x+h)-g(x)) \to f'(x) \cdot 0 = 0\end{aligned}$$

因此

$$S'(x) = f'(x)g(x) + f(x)g'(x)$$

由 $S(x)=f(x)g(x)$

$$(f(x)g(x))'=f'(x)g(x)+f(x)g'(x)$$

得证。

想象长方形$f(x)g(x)$膨胀的样子，可知向上膨胀会出现 $f'(x)g(x)$，向右膨胀会出现$f(x)g'(x)$。由此，

$$(f(x)g(x))'=f'(x)g(x)+f(x)g'(x)$$

可以得出相乘微分的“式子形式”。

第 4 章的问题

●问题 4-1（不定积分的计算）

试求①～④的不定积分。

$$①\int(2x+3x^2+4x^3)\mathrm{d}x$$

$$②\int(x^2+\mathrm{e}^x)\mathrm{d}x$$

$$③\int(n+1)!x^n\mathrm{d}x \quad （n\ 为正整数）$$

$$④\int(12x^2+34\mathrm{e}^x+56\sin x)\mathrm{d}x$$

提示：$(-\cos x)'=\sin x$、$(\mathrm{e}^x)'=\mathrm{e}^x$

（解答在第 234 页）

●问题 4-2（相乘形式）

试求下面的不定积分。

$$\int x\cos x\mathrm{d}x$$

提示：$(\sin x)'=\cos x$、$(\cos x)'=-\sin x$

（解答在第 236 页）

●问题 4-3（相乘形式）

试求下面的不定积分。

$$\int(x^2+x+1)\mathrm{e}^x\mathrm{d}x$$

（解答在第 238 页）

第 5 章

试求圆的面积

"那个公式表示什么意思?"

5.1 图书室

我:"蒂蒂,那是村木老师的'问题卡'?"

放学后,蒂蒂坐在图书室的桌子前,转着手上的"问题卡"。

蒂蒂:"对啊。但是,上面什么都没有写……"

我:"啊……"

蒂蒂:"而且,卡片还是圆形的!"

我:"圆形?"

我接过蒂蒂手上的"问题卡"。

的确,卡片就像盘子一样圆。

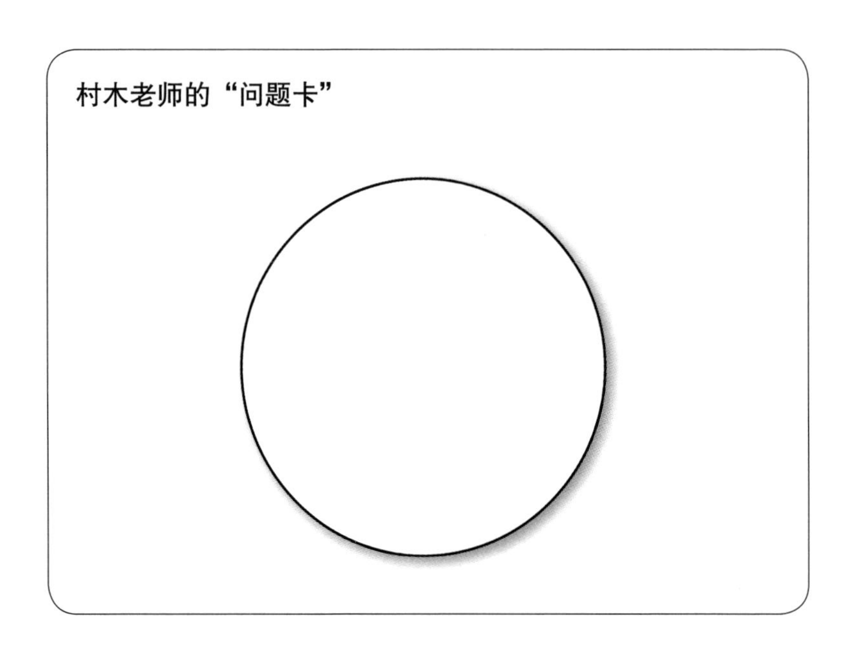

我：“圆形的‘问题卡’应该是第一次拿到吧？”

我把“问题卡”还给蒂蒂。

蒂蒂：“上面什么都没有写，也没有任何水印……”

蒂蒂用两手举着“问题卡”。

我：“啊，蒂蒂！你继续举着‘问题卡’不要动……”

蒂蒂：“咦？像是这样吗？”

我：“对。用两手高举至头上……错了，不要放到头上，要悬空保持水平……对！”

蒂蒂：“像这样吗？”

我：“对，保持这个姿势，嘴巴微微笑起来！”

蒂蒂："啊，好的。"

蒂蒂老实地用双手举起圆形的白色"问题卡"，高举悬空保持水平，莞尔地笑起来。

我："嗯……"

蒂蒂："这个姿势……有什么意义吗？"

我："你摆出这个姿势，看起来就像天使一样。"

蒂蒂："真是的！学长不要拿我开玩笑啦！"

我："抱歉。对了，村木老师有说什么吗？"

蒂蒂："没有……我去交积分的报告时，老师就默默给了我这张卡片。"

我："那个，这张卡片要用来讨论积分吧？"

蒂蒂："对圆做积分吗？"

我："比如计算圆的面积？"

5.2　圆的面积

蒂蒂："圆的面积……是 πr^2 吗？"

我："是的。令圆周率为 π，则半径为 r 的圆的面积是 πr^2。"

圆的面积的计算公式

令圆周率为 π，则半径为 r 的圆的面积 S 可用

$$S = \pi r^2$$

求得。

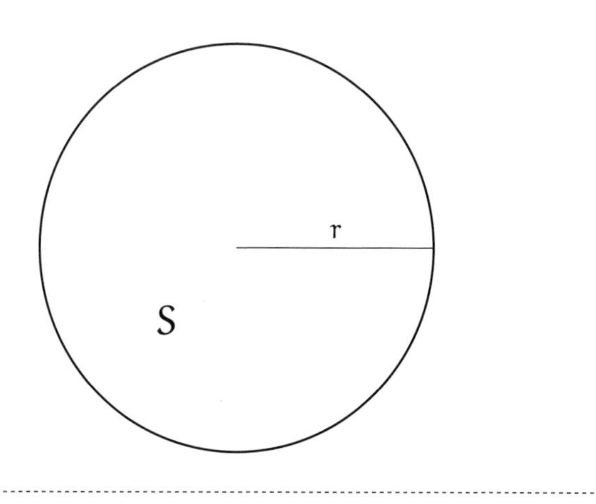

蒂蒂：“在上小学的时候，老师会教我们圆周率是 3.14。”

$$圆的面积 = 半径 \times 半径 \times 3.14$$

我：“没错。不过，真正的圆周率是

$$3.141592653589793\cdots$$

不断延续的无限小数。”

蒂蒂：“对了，我记得小学老师画出了图形。”

我：“图形？”

蒂蒂：“对啊。老师把圆形切成好几个扇形重新组合，像切开圆形比萨，并排成一列一样。”

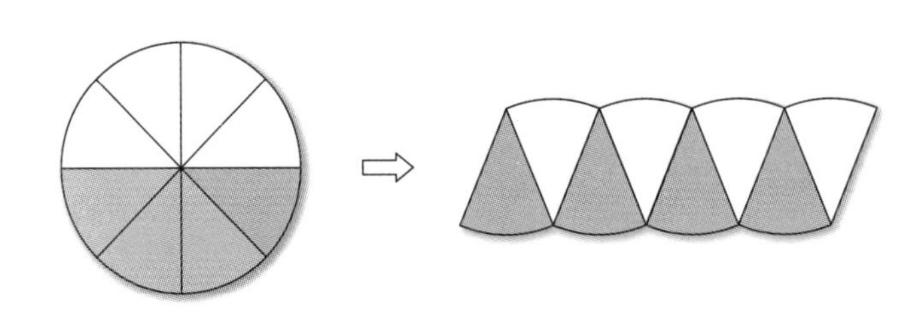

将圆切成扇形，并重新组合

我：“嗯，这个我也记得哦。”

蒂蒂：“小学老师说，当‘每块扇形比萨’越切越细，并排后的底边会接近‘圆的周长的一半’，高会越来越接近‘圆的半径’。所以，圆的面积可以看作长方形的面积来求。”

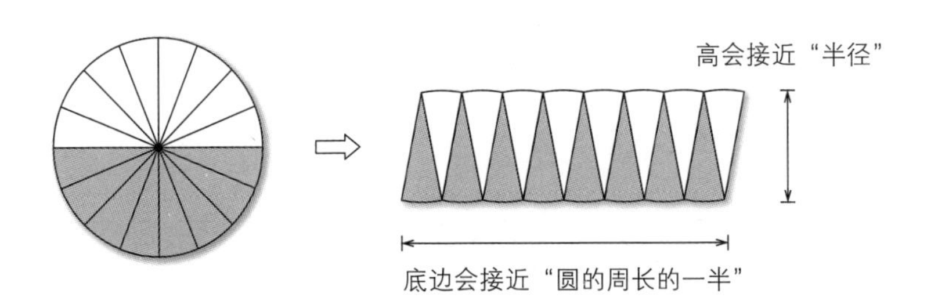

我：“由整个圆的周长是 $2\pi r$，可知圆的周长的一半是 πr，而高是半径 r，所以圆的面积是 $\pi r \times r = \pi r^2$。”

蒂蒂：“但是，这个图形的‘底边’有些凹凸不平。这个让我非常在意。就算再怎么说‘越来越接近’……我还是怀疑可以这样做吗？”

我：“这是老师对小学生说明极限的方式吧。”

蒂蒂：“说到极限，又是 lim……吗？”

我：“是的。数学有很多地方都会出现极限，如数列的极限、函数的连续、函数的微分以及积分。”

蒂蒂：“……”

我：“怎么了？”

蒂蒂：“该不会现在的高中生必须真的用极限来求圆的面积吧？”

我：“是的。使用极限计算后，结果应该是 πr^2 才对。我们一起来求圆的面积吧，蒂蒂。”

蒂蒂：“好吧！”

5.3 使用比萨

我：“写成问题的形式后，会变成这个样子。”

> **问题 1（圆的面积）**
>
> 证明半径为 r 的圆的面积为 πr^2。
>
> （将圆分割成扇形，利用极限的概念证明）

蒂蒂："嗯。"

我："如同切分比萨一样，将圆分割成好几个扇形。然后，当'单块比萨'越切越细时，利用极限来求圆的面积。"

蒂蒂："好的。就采取这样的作战方式吧！"

我："因为变成计算极限，所以将整个比萨……也就是圆'n等分'。"

蒂蒂："当n越来越大，'单块比萨'会越来越细？"

我："嗯，没错。求将比萨n等分时的'单块比萨'面积，再取$n \to \infty$的极限。对了，为了方便讨论，我们来为面积命名吧。令半径为r的圆的面积为S，'单块比萨'的面积为S_n，则$S=nS_n$。"

S是半径为r的圆的面积。

S_n是半径为r的圆n等分的扇形面积。

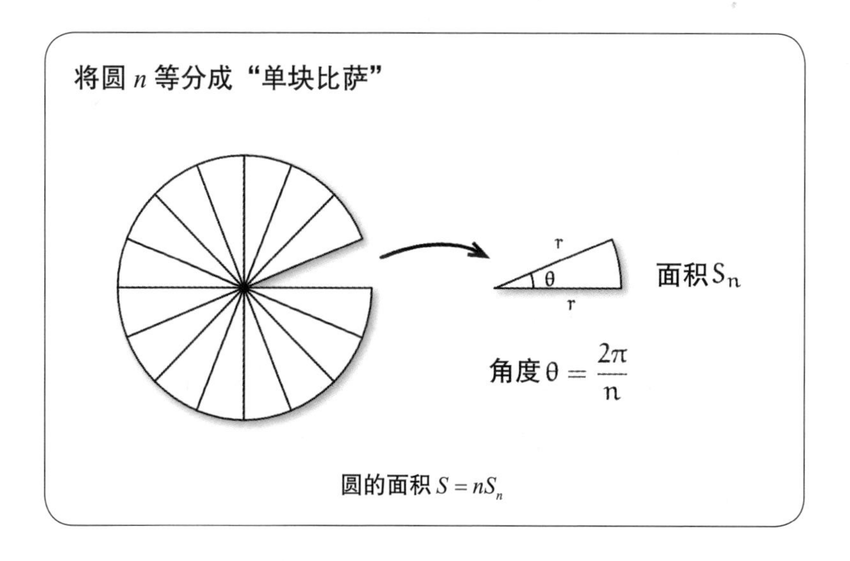

蒂蒂：“真的就像是比萨一样。”

我：“假设扇形的中心角为 θ。因为完整一圈的角度为 2π，所以 n 等分的中心角会是

$$\theta = \frac{2\pi}{n}$$

对吧？”

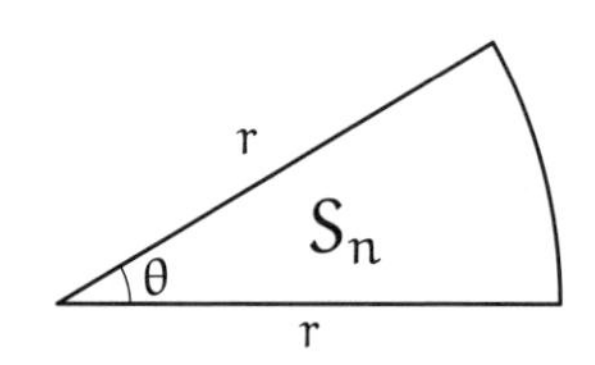

蒂蒂：“对啊。”

我：“扇形的角度可以假设为 $\theta = \frac{2\pi}{n}$，但扇形的面积却不可假设为 $S_n = \frac{\pi r^2}{n}$……你知道为什么吗？”

蒂蒂：“咦？不是 $S = nS_n$ 吗？这样的话，$S_n = \frac{S}{n}$ 不对吗？”

我：“虽然 $S_n = \frac{S}{n}$ 是对的，但 $S_n = \frac{\pi r^2}{n}$ 这样假设就是错的。因为这样做的话，马上就可以主张我们想要证明的 $S = \pi r^2$。”

蒂蒂：“啊……说的也是。”

我：“我们是要用‘扇形面积’来求‘圆的面积’，却从‘圆的面积’来求‘扇形面积’，这是窃取论点 (question begging)。”

蒂蒂：“窃取论点是什么？”

我：“窃取论点是指，将欲证明的主张预设为证明根据的不当假

设。这是把结论当前提条件，又称为循环论证 (vi-cious circle)。”

蒂蒂：“原来如此。”

我：“我们得用极限讨论圆的面积。此时，使用的工具是‘夹逼定理’，找出‘两个图形’夹挤‘单块比萨’的扇形。”

蒂蒂：“两个图形？”

我：“比扇形小的图形和比扇形大的图形，利用这两个图形的面积‘夹挤’扇形的面积哦。令‘较小图形’的面积为 L_n，‘较大图形’的面积为 M_n，则

$$L_n < S_n < M_n$$

可以得出这个不等式。”

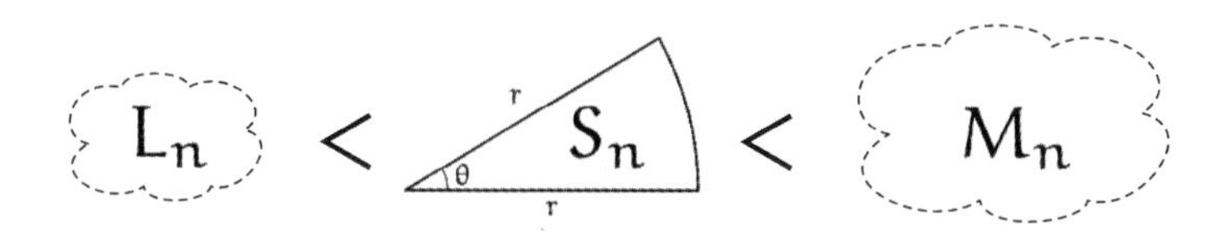

蒂蒂：“嗯……啊！我找到‘较小图形’，把比萨右端切成直角三角形就可以吧？”

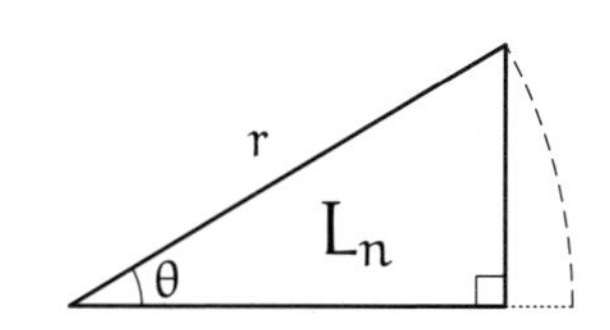

我：“嗯，好像不错！令这个三角形的面积为 L_n。我们马上就能够知道 L_n 的值。”

蒂蒂：“我也知道。因为直角三角形的斜边为 r、角度为 θ，所以底边为 $r\cos\theta$、高为 $r\sin\theta$。”

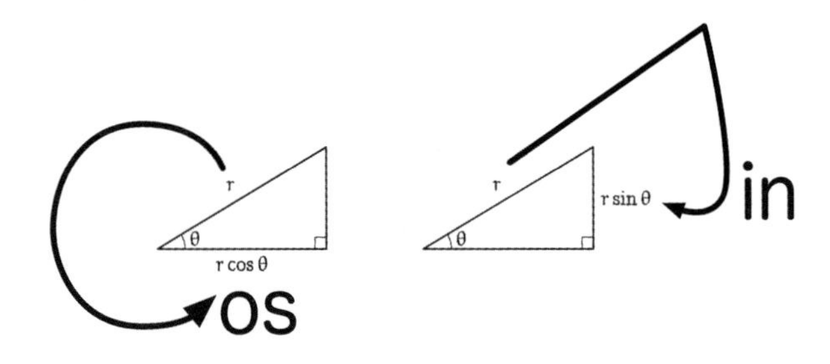

面积会是……

$$
\begin{aligned}
L_n &= \frac{1}{2} \times 底边 \times 高 \\
&= \frac{1}{2} \cdot r\cos\theta \cdot r\sin\theta \\
&= \frac{r^2}{2} \cdot \cos\theta \cdot \sin\theta
\end{aligned}
$$

对吧？”

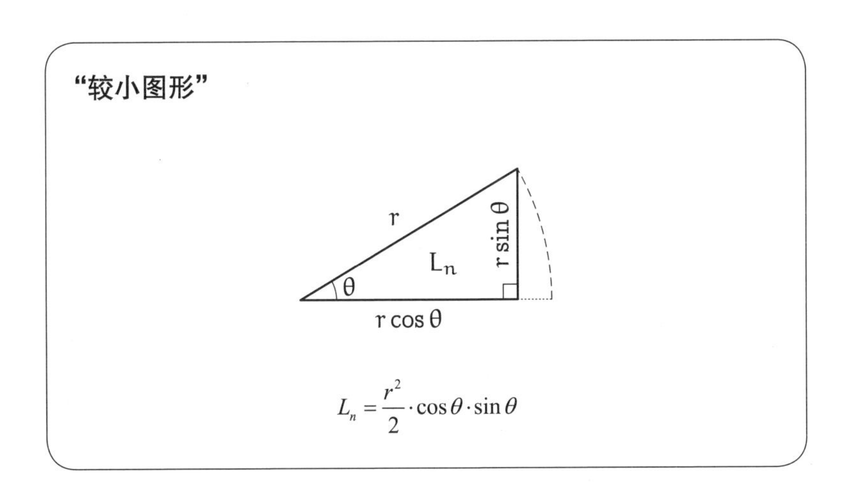

我：“没错。‘较小图形’就这样吧。你找到‘夹挤’S_n 的‘较大图形’了吗？令面积为 M_n，

$$L_n < S_n < M_n$$

用这样来夹挤——”

蒂蒂：“比如……延伸扇形的右上部分，这样的三角形怎么样？”

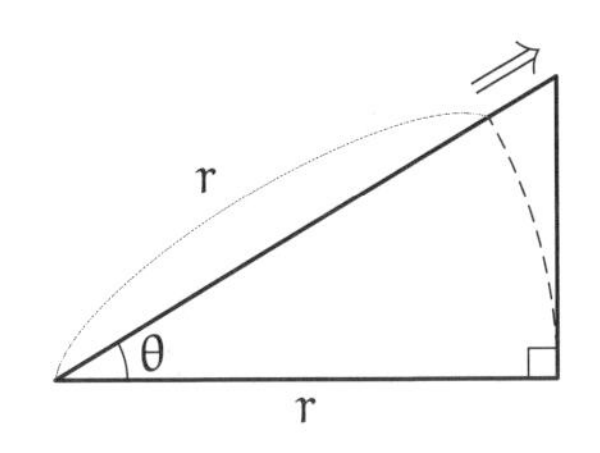

我：“嗯。这个三角形的底边长为 r，高为……”

蒂蒂：“高是 $r\tan\theta$！

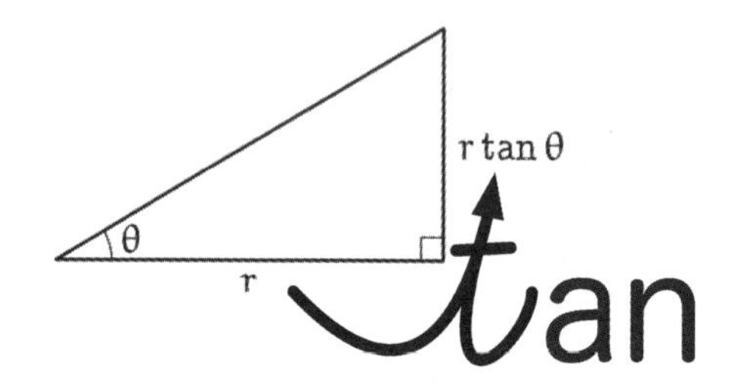

所以，面积会是：

$$
\begin{aligned}
M_n &= \frac{1}{2} \cdot r \cdot r \tan\theta \\
&= \frac{r^2}{2} \cdot \tan\theta
\end{aligned}
$$

对吧？”

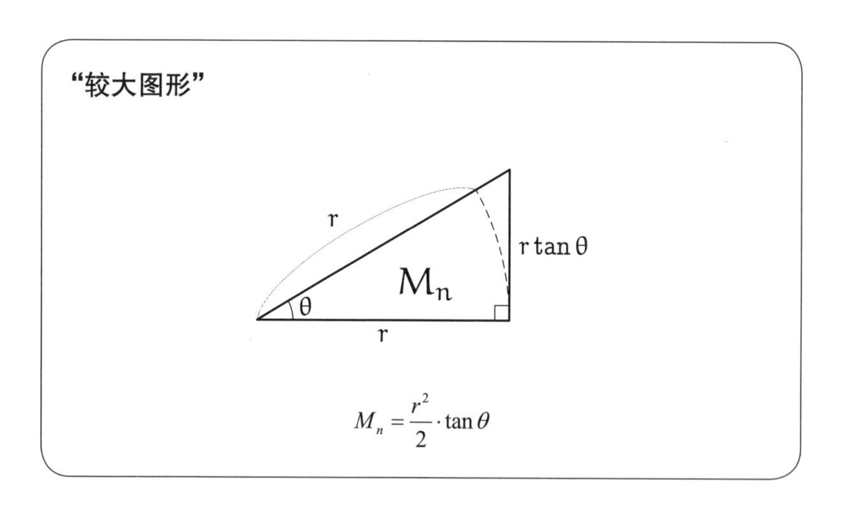

我：“嗯，这样就能整理成不等式了。”

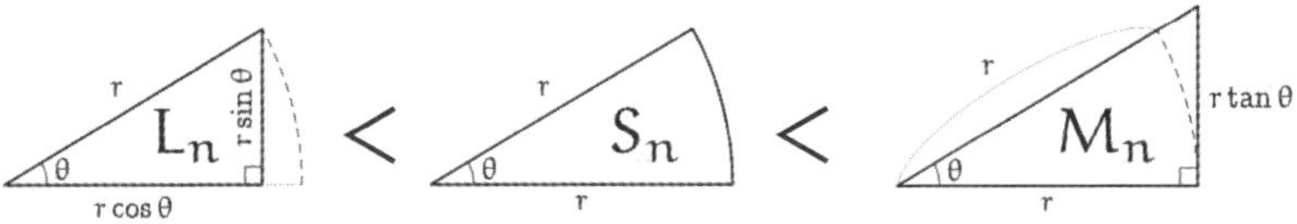

$$\underbrace{\frac{r^2}{2}\cdot\cos\theta\cdot\sin\theta}_{L_n} < S_n < \underbrace{\frac{r^2}{2}\cdot\tan\theta}_{M_n}$$

蒂蒂："终于能用上'夹逼定理'了！剩下只要取极限 $n\to\infty$，让 L_n 和 M_n 相等就可以了！"

蒂蒂用双手在胸前拍出声响。

我："咦？不对，错了哦，蒂蒂。这样直接取极限的话，L_n、S_n、M_n 最后全部会收敛到 0。"

蒂蒂："咦？"

我："因为现在是讨论'单块比萨'，继续分割下去的话，最后面积会收敛到 0 哦。在取极限之前，需要将 n 个'单块比萨'合成完整的圆才行。"

蒂蒂："啊，对哦！"

我："不过，只要乘上 n 就行了。"

L_n	$< S_n <$	M_n	"夹逼定理"
nL_n	$< nS_n <$	nM_n	乘上 n
nL_n	$< S <$	nM_n	因为 $S=nS_n$
$\frac{nr^2}{2}\cdot\cos\theta\cdot\sin\theta$	$< S <$	$\frac{nr^2}{2}\cdot\tan\theta$	将 L_n、M_n 代入

蒂蒂："好的，现在真的要取极限 $n \to \infty$ 了！"

问题 1a（圆的面积；问题 1 的延伸题）

利用不等式 $nL_n < S < nM_n$ 以及"夹逼定理"。证明当 $n \to \infty$ 时，

$$nL_n \to \pi r^2$$
$$nM_n \to \pi r^2$$

其中，

$$\theta = \frac{2\pi}{n}$$
$$nL_n = \frac{nr^2}{2} \cdot \cos\theta \cdot \sin\theta$$
$$nM_n = \frac{nr^2}{2} \cdot \tan\theta$$

5.4 nL_n 的极限

我："首先，我们讨论 $n \to \infty$ 时 nL_n 的极限吧。"

问题2（nL_n 的极限）

当 $n \to \infty$ 时，试求下式的极限值。

$$nL_n = \frac{nr^2}{2} \cdot \cos\theta \cdot \sin\theta$$

其中，

$$\theta = \frac{2\pi}{n}$$

蒂蒂："虽然学长这么说，但这种时候该怎么做才好啊？"

我："因为是讨论 nL_n 的极限，所以得分别求出 $\frac{nr^2}{2}$、$\cos\theta$ 和 $\sin\theta$ 的极限。$\cos\theta$ 用 n 表示后会是 $\cos\frac{2\pi}{n}$。对了，蒂蒂学极限学到哪里了？"

蒂蒂："我只学了非常基本的概念……比如 $n \to \infty$ 时，$\frac{1}{n} \to 0$。"

我："那么，你知道 $n \to \infty$ 时，$\cos\frac{2\pi}{n}$ 的极限值是多少吗？"

蒂蒂："嗯，我应该知道。因为 $n \to \infty$ 时 $\frac{1}{n} \to 0$，所以

$$n \to \infty \text{ 时 } \frac{2\pi}{n} \to 0$$

……是这样吗？"

我："没错。"

蒂蒂："$n \to \infty$ 时 $\cos\frac{2\pi}{n}$ 的极限值，相当于 $\theta \to 0$ 时 $\cos\theta$ 的极限

值，所以

$$n \to \infty \text{时} \cos\frac{2\pi}{n} \to 1$$

是这样吗？”

我：“嗯，是的。这也可以用半径为 1 的单位圆来思考。单位圆圆周上的点坐标可表示为 $(\cos\theta, \sin\theta)$，当 θ 趋近 0 时，圆周上的点会接近 (1, 0)。”

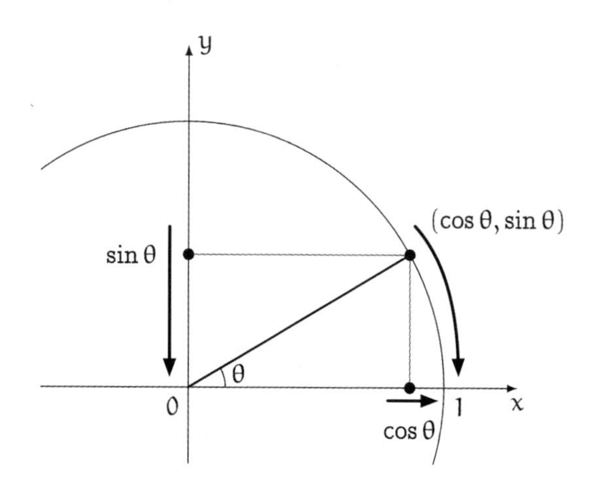

θ 趋近 0 时的情况

蒂蒂：“说的也是。”

我：“因此，

$$\theta \to 0 \text{时} \cos\theta \to 1$$

$$\theta \to 0 \text{时} \sin\theta \to 0$$

所以

$$n \to \infty \text{ 时 } \cos\frac{2\pi}{n} \to 1$$

$$n \to \infty \text{ 时 } \sin\frac{2\pi}{n} \to 0$$

到这里都还算顺利，但后面就会有问题了。$n \to \infty$ 时，nL_n 会如何呢？你仔细看一下式子。”

$$nL_n = \frac{nr^2}{2} \cdot \cos\frac{2\pi}{n} \cdot \sin\frac{2\pi}{n}$$

蒂蒂：“因为 $\cos\frac{2\pi}{n}$ 收敛到 1、$\sin\frac{2\pi}{n}$ 收敛到 0，所以相乘的积会收敛到 0 吗？”

我：“蒂蒂，在那之前，你漏掉前面的 $\frac{nr^2}{2}$ 了。”

$$\underbrace{\frac{nr^2}{2}}_{\text{发散至}\infty} \cdot \underbrace{\cos\frac{2\pi}{n}}_{\text{收敛至}1} \cdot \underbrace{\sin\frac{2\pi}{n}}_{\text{收敛至}0}$$

蒂蒂：“这是 $\infty \times 1 \times 0$，所以会变成无限大吗？不对啊，最后乘上 0，所以会收敛到 0？咦？”

5.5 “∞ × 0”的模式

我：“来吧，这里是重点。在极限的计算当中，这是困难的模式之一。在求极限的时候，如果碰到‘发散到 ∞’乘上‘收敛

到 0’的话，没办法直接计算极限。这个模式有时会象征性地称为

‘$\infty\times0$’‘零乘以无限大’

我们无法直接知道极限，所以，必须变换式子来讨论。”

蒂蒂：“因为保持‘$\infty\times0$’没办法知道极限值吗？”

我：“不只是极限值而已，连极限的趋势都不知道。极限分为收敛和发散，只有在收敛的情况下，才会出现极限值。‘$\infty\times0$’的模式也有可能是发散的情况。整理后会像这样。”

- 收敛
- 发散
  - 发散至正无穷大
  - 发散至负无穷大
  - 振荡

蒂蒂：“原来如此……”

我：“因此，除了‘$\infty\times0$’的模式之外，‘$\frac{0}{0}$’的模式也得注意才行。如果分子和分母都收敛到 0 的话，就无法获知分数的极限值，因为连会不会收敛都不知道。”

蒂蒂：“是这样啊。”

蒂蒂赶紧写进笔记本里头。

我：“那么，我们来变形 nL_n 吧。”

$$
\begin{aligned}
nL_n &= \frac{nr^2}{2}\cdot\cos\theta\cdot\sin\theta \\
&= \frac{nr^2}{2}\cdot\cos\frac{2\pi}{n}\cdot\sin\frac{2\pi}{n} && \text{因为 } \theta=\frac{2\pi}{n} \\
&= r^2\cdot\frac{n}{2}\cdot\cos\frac{2\pi}{n}\cdot\sin\frac{2\pi}{n} && \text{提出 } r^2 \\
&= \pi r^2\cdot\frac{n}{2\pi}\cdot\cos\frac{2\pi}{n}\cdot\sin\frac{2\pi}{n} && \text{疏理成 } \frac{n}{2\pi} \\
&= \pi r^2\cdot\cos\frac{2\pi}{n}\cdot\frac{\sin\frac{2\pi}{n}}{\frac{2\pi}{n}}
\end{aligned}
$$

蒂蒂：“咦？最后变形出来的式子也太复杂了吧！”

我：“这有点难看懂吧。这是为了让分母出现 $\frac{2\pi}{n}$ 而进行的式子变形哦。”

$$
\frac{\sin\frac{2\pi}{n}}{\frac{2\pi}{n}}
$$

蒂蒂：“嗯……对不起。我看不懂。”

我：“表示成 θ 或许比较容易理解吧。由 $\theta=\frac{2\pi}{n}$ 移项可知 $n=\frac{2\pi}{\theta}$，再代入右式消去 n 吧。”

$$
\begin{aligned}
nL_n &= \frac{nr^2}{2}\cdot\cos\theta\cdot\sin\theta && \text{写出 } L_n \\
&= \frac{2\pi}{\theta}\cdot\frac{r^2}{2}\cdot\cos\theta\cdot\sin\theta && \text{代入 } n=\frac{2\pi}{\theta}
\end{aligned}
$$

$$= \pi r^2 \cdot \frac{1}{\theta} \cdot \cos\theta \cdot \sin\theta \qquad \text{约分整理}$$

$$= \pi r^2 \cdot \cos\theta \cdot \frac{\sin\theta}{\theta}$$

蒂蒂："啊，我看懂了。"

我："最后会变成这样哦。"

$$nL_n = \pi r^2 \cdot \cos\theta \cdot \frac{\sin\theta}{\theta} \cdots\cdots\heartsuit$$

蒂蒂："我看懂式子的变形了，但不懂为什么要这样做……"

我："前面的式子变形，是为了疏理成这个式子形式

$$\frac{\sin\theta}{\theta}$$

因为我们知道

$$\theta \to 0 \text{时} \frac{\sin\theta}{\theta} \to 1$$

这个叙述也可以写成

$$\lim_{\theta \to 0} \frac{\sin\theta}{\theta} = 1$$

因为我们想要使用这个极限，

$$\frac{\sin\theta}{\theta}$$

所以才这样变形式子。"

蒂蒂：“……”

我：“虽然这边写成 θ，但 θ 的部分可以改写成 $\frac{2\pi}{n}$，将 $\theta \to 0$ 换成 $n \to \infty$ 来想，则

$$n \to \infty \text{时} \frac{\sin \frac{2\pi}{n}}{\frac{2\pi}{n}} \to 1$$

当然，这个也可以写成

$$\lim_{\theta \to \infty} \frac{\sin \frac{2\pi}{n}}{\frac{2\pi}{n}} = 1$$

哦。”

极限公式

$$\lim_{\theta \to 0} \frac{\sin \theta}{\theta} = 1$$

5.6 “$\frac{0}{0}$”的模式？

蒂蒂：“我能够体会学长为什么要疏理成 $\frac{\sin \theta}{\theta}$ 式子……但是，现在又有不懂的地方了。对不起，问题这么多。”

我：“哪儿的话。你什么地方不懂？”

蒂蒂：“学长前面说要注意‘$\frac{0}{0}$’的模式。但是，这边出现的$\frac{\sin\theta}{\theta}$，不正是‘$\frac{0}{0}$’的模式吗？”

蒂蒂往前翻笔记本，提出这个疑问。

我：“的确是如此。”

蒂蒂：“我们现在是在讨论极限$\theta\to 0$。此时，$\theta\to 0$且$\sin\theta\to 0$。”

我：“嗯，你说得没错。”

蒂蒂的疑问

$$\theta\to 0\text{时}\ \theta\to 0$$

$$\theta\to 0\text{时}\ \sin\theta\to 0$$

$$\theta\to 0\text{时}\ \frac{\sin\theta}{\theta}\to ?$$

蒂蒂：“嗯，$\frac{\sin\theta}{\theta}$果然是‘$\frac{0}{0}$’的模式！这样还能够作为极限公式吗？”

我：“那个，我并没有说‘$\frac{0}{0}$’的模式一定不收敛。我想强调的是：当遇到‘$\frac{0}{0}$’的模式时，我们不知道最后有没有极限，所以需要暂时停下来，仔细检查是收敛还是发散。”

蒂蒂：“这样啊……”

我：“举例来说，我们来讨论在$\theta\to 0$时，以下这个分数的极限吧。

$$\frac{2\theta^2}{3\theta}$$

当 $\theta \to 0$，分母和分子都会收敛到 0，所以是‘$\frac{0}{0}$’的模式。”

蒂蒂：“但是，分母和分子可以约分 θ 吧？”

我：“没错。分母和分子可以各消掉一个 θ，变成

$$\frac{2\theta^2}{3\theta} = \frac{2\theta}{3}$$

这样一来，在 $\theta \to 0$ 的时候，

$$\frac{2\theta}{3} \to 0$$

虽然是‘$\frac{0}{0}$’的模式，但经仔细检查会发现极限值是 0。

$$\lim_{\theta \to 0} \frac{2\theta^2}{3\theta} = \lim_{\theta \to 0} \frac{2\theta}{3} = 0$$

就像是这样。”

蒂蒂：“原来如此。‘$\frac{0}{0}$’的模式有可能会收敛。同样，$\theta \to 0$ 时 $\frac{\sin\theta}{\theta} \to 1$ 也可能会成立对吧。仔细检查后，最后会收敛到 1 吗？”

我：“没错。在极限的问题中，这个收敛经常出现。所以，我们可以把 $\frac{\sin\theta}{\theta} \to 1$ 当作极限公式来记忆。”

5.7 $\frac{\sin\theta}{\theta}\to 1$ 的意义

蒂蒂：“到这里我能理解。但是，我好像还是不懂

$$\theta\to 0 \text{时} \frac{\sin\theta}{\theta}\to 1$$

的意义是什么。

$$\lim_{\theta\to 0}\frac{\sin\theta}{\theta}=1$$

这个式子的意义是……对不起，我的脑袋不够灵光。”

我：“不会，你实事求是的态度非常棒。

$$\lim_{\theta\to 0}\frac{\sin\theta}{\theta}=1$$

这个等式的‘数学主张’是：若 $\theta\to 0$，则

$$\frac{\sin\theta}{\theta}$$

这个式子的值可以无限接近 1。”

蒂蒂：“嗯，这个我大概能够理解。我现在想要更进一步知道：当 $\frac{\sin\theta}{\theta}$ 可以无限接近 1，到底有什么意义呢？”

我：“原来如此……嗯……这是在说‘$\sin\theta$和θ的比’的极限值为 1 哦。若是θ无限接近 0，则$\sin\theta$和θ可以无限接近。”

蒂蒂：“……”

我：“先把 $\frac{\sin\theta}{\theta}$ 放到一边，举个更简单的例子吧。例如，我们来

讨论式子

$$\frac{2\theta+3\theta^2}{2\theta}$$

这是 $2\theta+3\theta^2$ 和 2θ 的比值。讨论 $\theta\to0$ 时这个比值的极限。”

蒂蒂：“好的。$\theta\to0$ 的时候，则

$$2\theta+3\theta^2\to0$$
$$2\theta\to0$$

所以，这是‘$\frac{0}{0}$’的模式嘛，但 $\frac{2\theta+3\theta^2}{2\theta}$ 可以约分。”

我：“约分后，

$$\begin{aligned}\lim_{\theta\to0}\frac{2\theta+3\theta^2}{2\theta}&=\lim_{\theta\to0}\frac{2+3\theta}{2}\\&=\frac{2}{2}\\&=1\end{aligned}$$

会像这样。”

蒂蒂：“然后呢？”

我：“所以，式子 $\frac{2\theta+3\theta^2}{2\theta}$ 的值可以无限接近 1。”

蒂蒂：“……好的。”

我：“换句话说，$2\theta+3\theta^2$ 和 2θ 可以无限接近。”

蒂蒂：“原来如此。我好像有点懂了。”

我：“然后，我们再回过头看一次前面的公式。”

$$\lim_{\theta\to0}\frac{\sin\theta}{\theta}=1$$

蒂蒂："因为分数的极限值是 1，说明 $\sin\theta$ 和 θ 可以无限接近……意思是这样吗？"

我："没错！这个公式

$$\lim_{\theta\to 0}\frac{\sin\theta}{\theta}=1$$

告诉了我们 $\sin\theta$ 和 θ 的大小关系。若是 $\theta\to 0$，则 $\sin\theta$ 和 θ 可以无限接近。对了，我们试着画出'单块比萨'吧。在半径为 1 的圆形中，因为角度 θ 的扇形弧长会是 θ，不难想象当 $\theta\to 0$ 时，$\sin\theta$ 和 θ 不断接近的情况。"

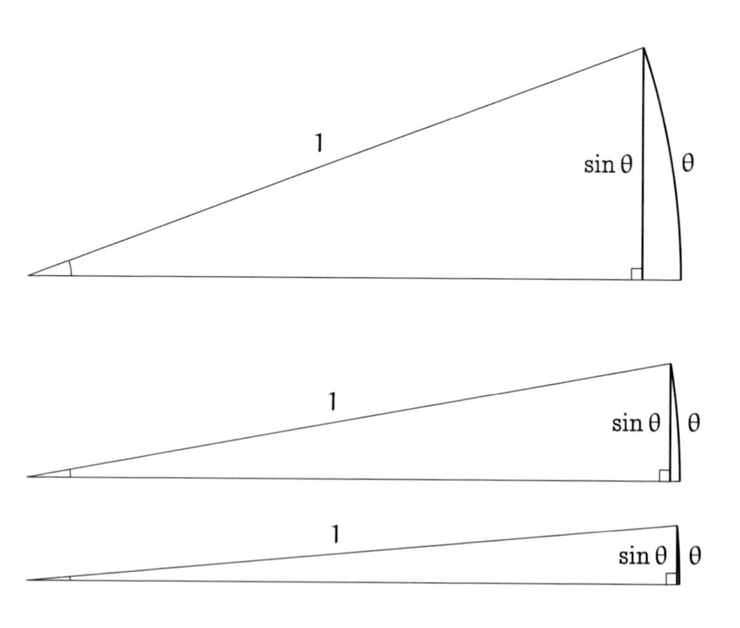

当 $\theta\to 0$ 时，$\sin\theta$ 和 θ 不断接近的情况

蒂蒂:“原来如此！用图形来看就清楚多了。”

5.8 回到圆的面积

我:“想清楚后，我们回来讨论圆的面积。”

问题 1a（圆的面积；问题 1 的衍生题）（重做）

利用不等式 $nL_n<S<nM_n$ 以及“夹逼定理”，证明当 $n\to\infty$ 时，

$$nL_n \to \pi r^2$$
$$nM_n \to \pi r^2$$

其中，

$$\theta = \frac{2\pi}{n}$$
$$nL_n = \frac{nr^2}{2}\cdot\cos\theta\cdot\sin\theta$$
$$nM_n = \frac{nr^2}{2}\cdot\tan\theta$$

蒂蒂:“结果，nL_n 会变成这样……

$$nL_n = \pi r^2\cdot\cos\theta\cdot\frac{\sin\theta}{\theta}$$ （由第 192 页的♡可知）

……真的出现了学长所说的式子形式 $\frac{\sin\theta}{\theta}$。”

我:“是的。对了，蒂蒂。你看到 nL_n 的式子中出现的 πr^2 了吗？”

蒂蒂：“看到了。πr^2……啊！这是圆的面积？”

$$nL_n = \pi r^2 \cdot \cos\theta \cdot \frac{\sin\theta}{\theta}$$

我：“不用这么惊讶吧。圆的面积 πr^2 肯定会出现在式子中。”

蒂蒂：“说得也是。一会儿极限一会儿 sin，我的脑袋已经被搞得团团转了。”

我：“做到这里的话，$n \to \infty$ 的极限值也能够知道了哦。”

$$\underbrace{\pi r^2}_{\text{收敛至}\pi r^2} \cdot \underbrace{\cos\frac{2\pi}{n}}_{\text{收敛至}1} \cdot \underbrace{\frac{\sin\frac{2\pi}{n}}{\frac{2\pi}{n}}}_{\text{收敛至}1}$$

蒂蒂：“全部都收敛了。”

我：“由此可知，$n \to \infty$ 的时候，会得到 $nL_n \to \pi r^2$ 的结果。我们可以知道，nL_n 的极限值会是

$$\lim_{\theta \to \infty} nL_n = \pi r^2 \times 1 \times 1 = \pi r^2$$

在不等式 $nL_n < S < nM_n$ 中，$nL_n < S$ 的部分可以了。”

解答 2（nL_n 的极限）

$n \to \infty$ 的时候，

$$nL_n \to \pi r^2$$

蒂蒂："单边的'夹逼定理'作战结束……"

我："对啊。我们知道 $nL_n < S$ 会成立，且在 $n \to \infty$ 时 $nL_n \to \pi r^2$。只剩下……"

蒂蒂："只剩下 $nM_n \to \pi r^2$ 而已！"

我："嗯，然后，'夹逼定理'就完成了。"

5.9　nM_n 的极限

蒂蒂："nM_n 的极限也是同样的做法吗？"

我："没错。这里也会用到 $\lim\limits_{\theta \to 0} \dfrac{\sin\theta}{\theta} = 1$ 哦。"

> **问题 3（nM_n 的极限）**
>
> 当 $n \to \infty$ 时，试求
>
> $$nM_n = \frac{nr^2}{2} \cdot \tan\theta$$
>
> 的极限值。其中
>
> $$\theta = \frac{2\pi}{n}$$

蒂蒂："$\tan\theta$ 也有像 $\lim\limits_{\theta \to 0} \dfrac{\sin\theta}{\theta} = 1$ 这样的极限公式吗？"

我："从 $\tan\theta$ 的定义来思考就能够做出来哦。"

蒂蒂："$\tan\theta$ 的定义是

$$\tan\theta=\frac{\sin\theta}{\cos\theta}$$

这样。”

我：“利用这个定义，以 $\sin\theta$ 和 $\cos\theta$ 来表示 nM_n 吧。”

蒂蒂：“好的，一步一步来做。”

$$\begin{aligned}nM_n&=\frac{nr^2}{2}\cdot\tan\theta\\&=\frac{nr^2}{2}\cdot\frac{\sin\theta}{\cos\theta}\end{aligned}$$

我：“然后——”

蒂蒂：“我知道怎么做，这边要用 $\sin\theta$ 和 θ 疏理成 $\frac{\sin\theta}{\theta}$ 的式子形式吗？因为 $\theta=\frac{2\pi}{n}$，还得让分母出现 $\frac{2\pi}{n}$……”

$$\begin{aligned}nM_n&=\frac{nr^2}{2}\cdot\tan\theta\\&=\frac{nr^2}{2}\cdot\frac{\sin\theta}{\cos\theta}\\&=\frac{r^2}{2}\cdot n\cdot\frac{\sin\theta}{\cos\theta}\\&=\pi r^2\cdot\frac{n}{2\pi}\cdot\frac{\sin\theta}{\cos\theta}\\&=\pi r^2\cdot\frac{1}{\frac{2\pi}{n}}\cdot\frac{\sin\theta}{\cos\theta}\\&=\pi r^2\cdot\frac{1}{\theta}\cdot\frac{\sin\theta}{\cos\theta}\\&=\pi r^2\cdot\frac{\sin\theta}{\theta}\cdot\frac{1}{\cos\theta}\end{aligned}$$

我："做出来了嘛！"

蒂蒂："对啊！这和前面学长做的变形几乎一模一样……但这边在 $n \to \infty$ 时，会是 $\theta \to 0$。"

$$\underbrace{\pi r^2}_{\text{收敛至}\pi r^2} \cdot \underbrace{\frac{\sin\theta}{\theta}}_{\text{收敛至1}} \cdot \underbrace{\frac{1}{\cos\theta}}_{\text{收敛至1}}$$

我："很棒！"

蒂蒂："嗯。所以，$nM_n \to \pi r^2$！"

我："没错！"

解答 3（nM_n 的极限）

$n \to \infty$ 的时候，

$$nM_n \to \pi r^2$$

我："这样一来，'夹逼定理'就完成了！"

解答 1a（圆的面积）

将半径为 r 的圆分割成 n 个中心角为 $\frac{2\pi}{n}$ 的扇形，令其面积为 S_n。

分别找出两个直角三角形，

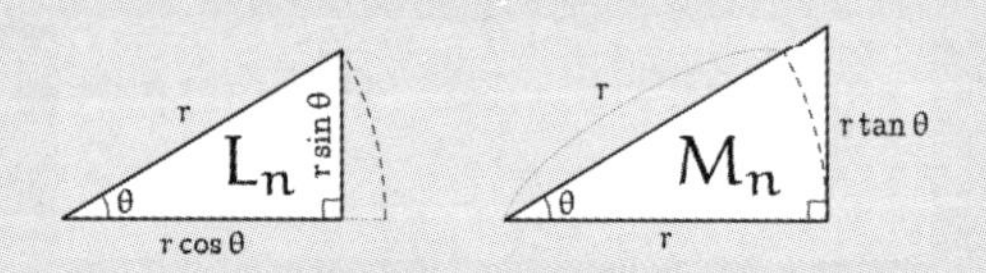

使得 L_n、S_n、M_n 之间满足

$$L_n < S_n < M_n$$

这样的大小关系。

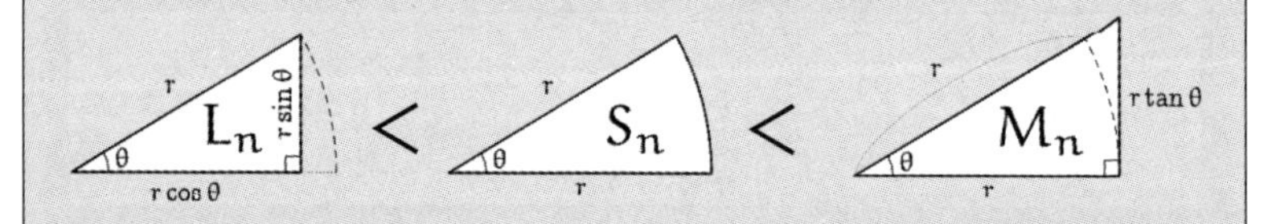

分别乘上 n 后，则

$$nL_n < nS_n < nM_n$$

其中，nS_n 等于圆的面积 S。因为

$$n \to \infty \text{ 时 } nL_n \to \pi r^2$$

$$n \to \infty \text{ 时 } nM_n \to \pi r^2$$

所以，圆的面积是 πr^2。

（得证）

蒂蒂：“小学时学到的圆的面积公式……的确是在讨论当 $n \to \infty$ 时的极限！”

我：“证明完成！这样蒂蒂的疑问就解决了。”

蒂蒂：“那个……对不起。我了解圆的面积公式了，但是……还有一个不懂的地方。前面的极限公式，

$$\lim_{\theta \to 0} \frac{\sin\theta}{\theta} = 1$$

为什么会成立呢？”

我：“蒂蒂……”

蒂蒂：“$\frac{\sin\theta}{\theta}$ 又不能上下约分……”

我：“蒂蒂，你真的很实事求是！这个公式肯定也要用到‘夹逼定理’……”①

瑞谷老师：“放学时间到了。”

图书管理员瑞谷老师提醒后，我们便结束数学谈话。

我们——

在小学的时候，遇见了无限。

就连现在，也是通过极限来看无限。

“积分的学习之旅”仍旧无限地延续下去。

“这个公式是从哪里推导出来的呢？”

---

① 参见问题 5-3 $\frac{\sin\theta}{\theta}$ 的极限。

第 5 章的问题

●问题 5-1（确认“夹逼定理”）

本章运用的“夹逼定理”如下图所示，主要是以直角三角形‘夹挤’扇形的不等式

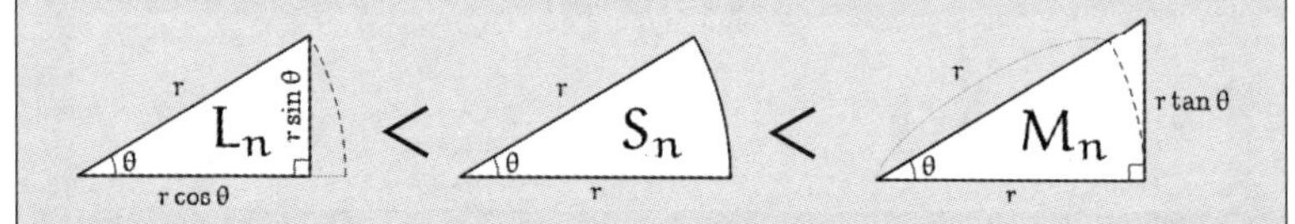

试画图表示在 $n=12$ 时，n 个直角三角形聚集起来“夹挤”圆形的不等式。

（解答在第 240 页）

●问题 5-2（收敛与发散）

试问当 $\theta \to 0$ 时，下面①～⑤是收敛还是发散？

① $\dfrac{1}{\theta}$

② $\dfrac{\sin\theta}{\theta}$

③ $\dfrac{\cos\theta}{\theta}$

④ $\tan\theta$

⑤ $\dfrac{\sin 2\theta}{\theta}$

（解答在第 241 页）

●问题 5-3（$\dfrac{\sin\theta}{\theta}$的极限）

有一个半径为 1 的圆，

- 圆的周长 2π
- 内接正 n 边形的周长 L_n
- 外切正 n 边形的周长 M_n

三者之间满足

$$L_n < 2\pi < M_n$$

这样的大小关系 (n=3, 4, 5, ⋯，下图为 n=6 的例子)。

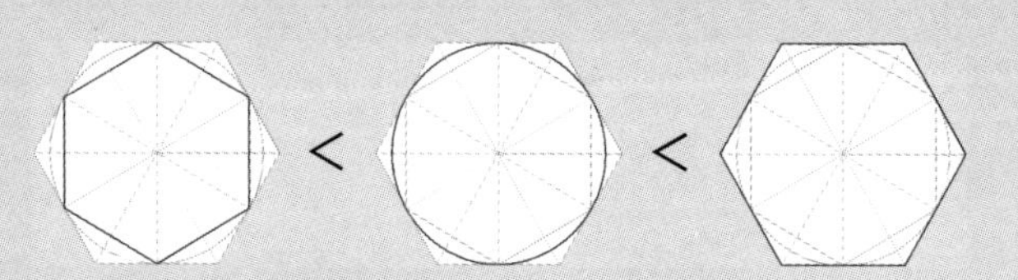

试用上述不等式证明

$$\lim_{\theta\to 0}\frac{\sin\theta}{\theta}=1$$

（解答在第 242 页）

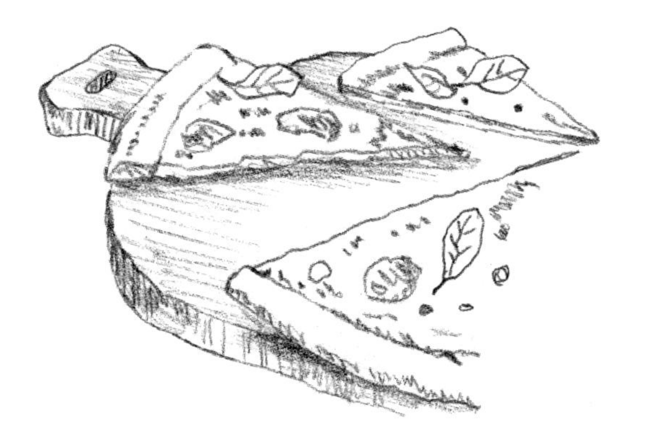

尾声

某日，某时，在数学教室。

少女：“哇！有好多数据啊！”

老师：“是啊。”

少女：“老师，这是什么？”

老师：“你觉得是什么？”

少女：“圆……渐渐变大的圆？”

老师：“是的。你知道半径为 r 的圆的面积吗？”

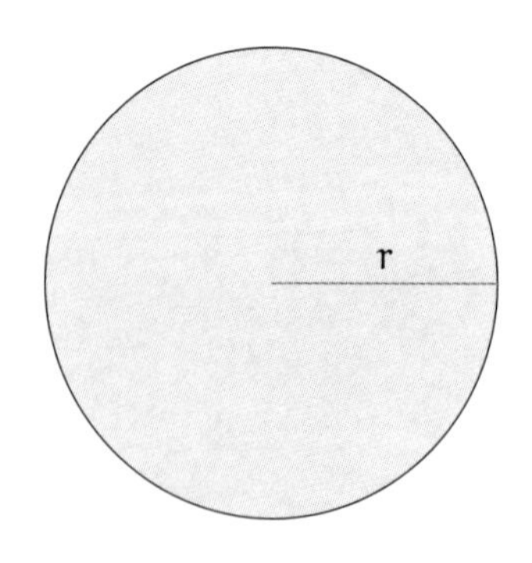

少女："面积是 πr^2。"

老师："πr^2 对 r 微分后会是什么呢?"

少女："微分后是 $2\pi r$?"

$$\frac{\mathrm{d}}{\mathrm{d}r}\pi r^2 = 2\pi r$$

老师："πr^2 可看作圆的面积，$2\pi r$ 可看作圆的周长。"

少女："圆的面积对半径微分后，会变成圆的周长……"

老师："然后，反过来，将 x 的函数 $2\pi x$ 从 0 积分到 r，最后得到 πr^2。"

$$\int_0^r 2\pi x \mathrm{d}x = \left[\pi x^2\right]_0^r = \pi r^2$$

少女："将圆的周长从零积分到半径，会变成圆的面积……"

老师："这就像是逐渐变大的无数圈圆周全部合在一起，形成的圆面。"

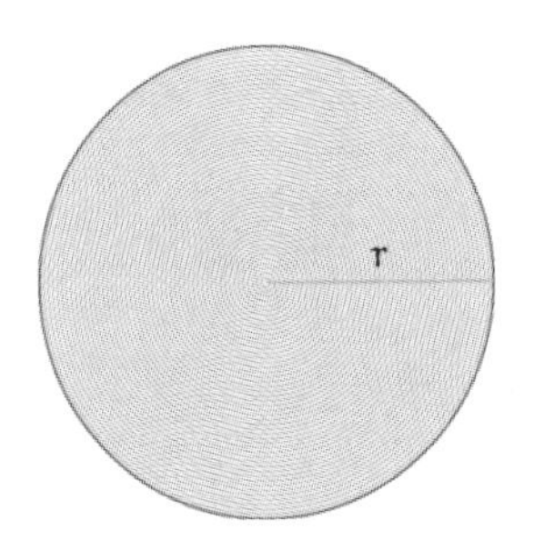

少女："老师，继续下去，还可以变成圆锥吧?"

老师：“你知道底面半径为 r、高为 r 的圆锥的体积吗？”

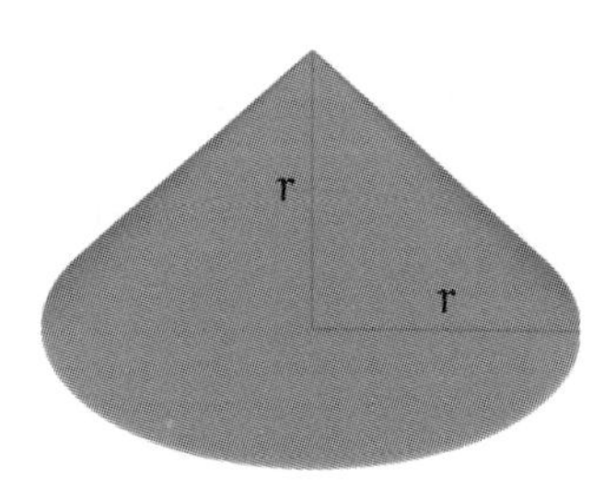

少女：“圆锥的体积是 $\frac{1}{3}\pi r^3$ 。”

老师：“ $\frac{1}{3}\pi r^3$ 对 r 微分后会是什么呢？”

$$\frac{\mathrm{d}}{\mathrm{d}r}\frac{1}{3}\pi r^3 = \pi r^2$$

少女：“微分后是 πr^2 ……体积微分后会变成底面积？”

老师：“反过来，将 x 的函数 πx^2 从 0 积分到 r，最后得到 $\frac{1}{3}\pi r^3$ 。”

$$\int_0^r \pi x^2 \mathrm{d}x = \left[\frac{1}{3}\pi x^3\right]_0^r = \frac{1}{3}\pi r^3$$

少女：“……”

老师：“这就像是把半径逐渐变大的无数圆面，全部叠在一起形成的圆锥。”

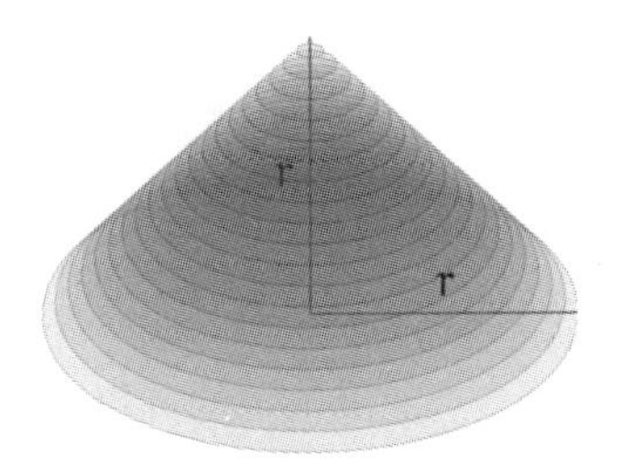

少女："叠起来的圆就像悬浮在半空中一样。"

老师："然后，我们可以这样继续下去。"

少女："继续下去？"

老师："下面是逐渐变大的球。"

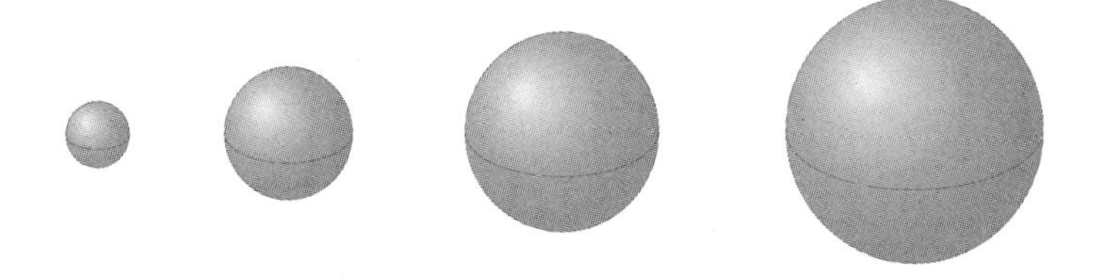

少女："半径为 r 的球的体积是 $\frac{4}{3}\pi r^3$。球的体积对 r 微分后，会是 $4\pi r^2$——这是球的表面积！"

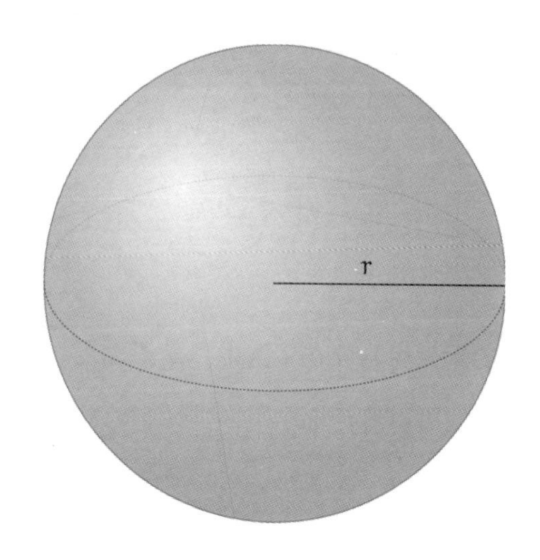

$$\frac{\mathrm{d}}{\mathrm{d}r}\frac{4}{3}\pi r^3 = 4\pi r^2$$

老师：“是的。然后，将 $4\pi r^2$ 从 0 积分到 r，最后得到 $\frac{4}{3}\pi r^3$。”

$$\int_0^r 4\pi x^2 \mathrm{d}x = \left[\frac{4}{3}\pi x^3\right]_0^r = \frac{4}{3}\pi r^3$$

少女：“这就像是把球的表面积积分成球的体积？”

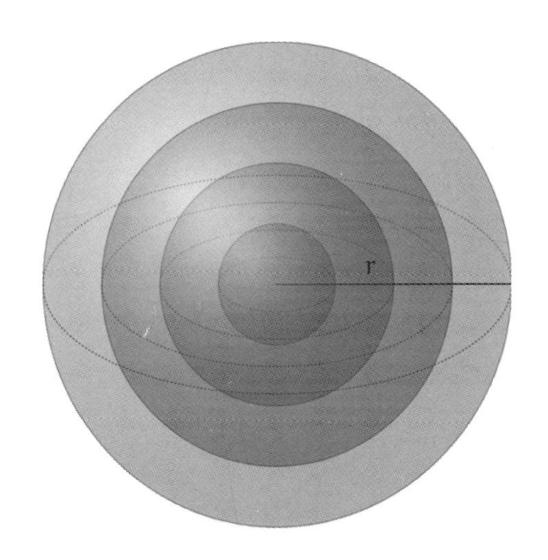

老师：“这就像是无数球面全部合在一起形成的球体。”

少女：“由圆周合成圆面；由圆面合成圆锥；由球面合成球体——很多东西都能够用微分和积分联结在一起。”

老师：“是的。这就像由线形成面，再由面形成立体一样。”

少女：“这样的话，老师，立体积分后会形成什么？”少女边笑边问。

解　答

A　N　S　W　E　R　S

第 1 章的解答

●问题 1-1（汽车的移动距离）

有一辆汽车沿直线行驶，前面 20 分钟以时速 60 千米行驶，后面 40 分钟以时速 36 千米行驶。

试问汽车总共行驶了多少千米？

■解答 1-1

因为 20 分钟为 $\frac{20}{60}=\frac{1}{3}$ 小时，所以汽车以时速 60 千米行驶了

$$60\times\frac{1}{3}=20\ (\text{千米})$$

又因为 40 分钟为 $\frac{40}{60}=\frac{2}{3}$ 小时，所以汽车以时速 36 千米行驶了

$$36\times\frac{2}{3}=24\ (\text{千米})$$

因此，汽车总共行驶了

$$20+24=44\ (\text{千米})$$

答：44 千米。

补充

这辆汽车 20+40=60 分（1 小时）行驶了 44 千米，所以平均速度是时速 44 千米。

> **●问题 1-2（移动距离图与速度图）**
>
> 试画问题 1-1 汽车行驶的“移动距离图”与“速度图”。

■解答 1-2

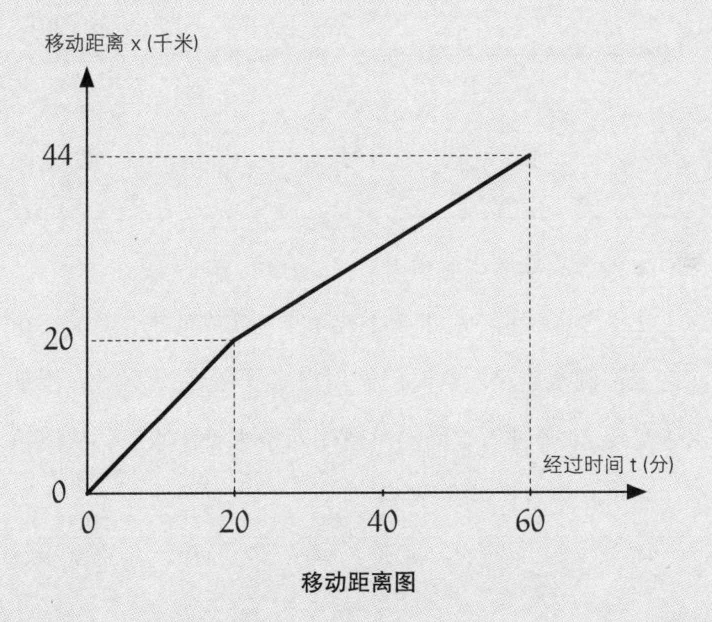

移动距离图

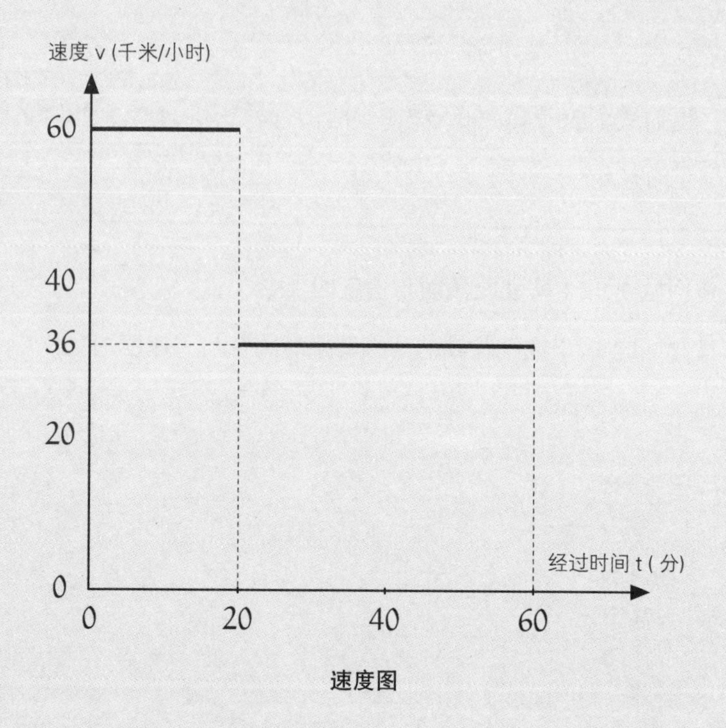

速度图

●问题 1-3（注满水族箱）

为了注水至水族箱中，准备了两条不同粗细的水管。从空箱状态至注满水族箱所需时间，用粗水管需要 20 分钟；用细水管需要 80 分钟。试问同时使用两条水管注水时，从空箱至注满水族箱需要多少分钟？

■解答 1-3

使用粗水管注满水族箱需要 20 分钟，可知粗水管每分钟可

注入水族箱 $\frac{1}{20}$ 的水量。

使用细水管注满水族箱需要 80 分钟，可知细水管每分钟可注入水族箱 $\frac{1}{80}$ 的水量。

推得同时使用粗细水管的情况下，每分钟可注入水族箱 $\frac{1}{20}+\frac{1}{80}$ 的水量。

$$\begin{aligned} \frac{1}{20}+\frac{1}{80} &= \frac{4}{80}+\frac{1}{80} && \text{通分} \\ &= \frac{4+1}{80} && \text{计算分子} \\ &= \frac{5}{80} \\ &= \frac{1}{16} && \text{约分} \end{aligned}$$

因此，同时使用的情况下，每分钟可注入水族箱 $\frac{1}{16}$ 的水量，完全注满水族箱需要花费 16 分钟的时间。

答：16 分钟。

补充

问题 1-3 是以“每分钟注入多少水量”切入，讨论注水的速度。

第 2 章的解答

●问题 2-1（区分求积法）

在 $0 \leqslant x \leqslant 1$ 的范围，试用区分求积法计算 $y=x^3$ 与 x 轴所围成的图形面积 S。

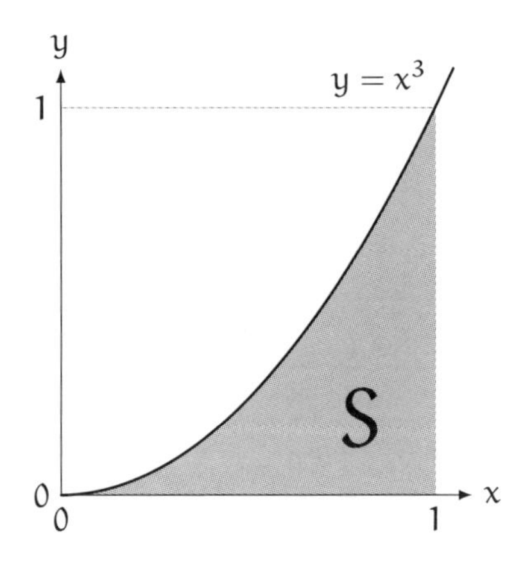

提示：对任意正整数 N，

$$1^3+2^3+\cdots+N^3=\frac{N^2(N+1)^2}{4}$$

皆成立。

■解答 2-1

将 $0 \leqslant x \leqslant 1$ 的范围 n 等分，做出面积小于 S 的图形 L_n 和大于 S 的 M_n。

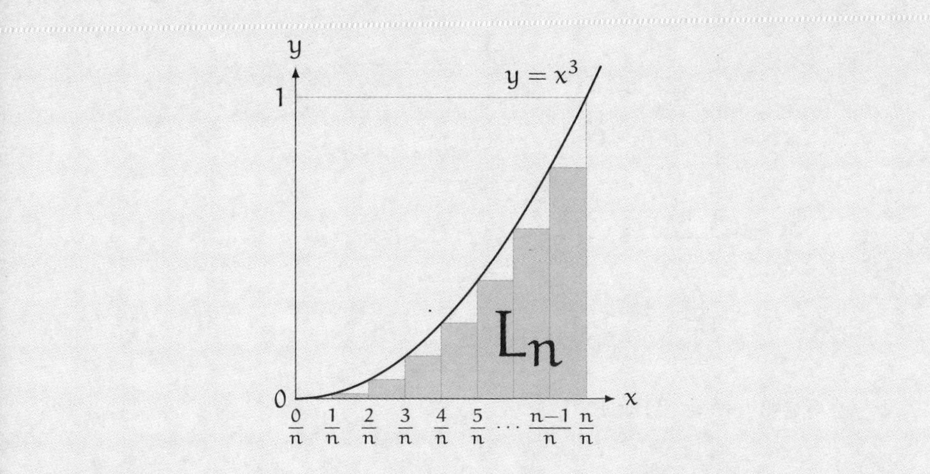

$L_n = \frac{1}{n^4}[0^3 + 1^3 + 2^3 + \cdots + (n-1)^3]$ 由长方形的和得知

$= \frac{1}{n^4} \cdot \frac{(n-1)^2 n^2}{4}$ 代入公式

$= \frac{1}{4} \cdot \frac{(n-1)^2}{n^2}$ 约分整理

$= \frac{1}{4}\left(1 - \frac{1}{n}\right)^2$ 作成 $\frac{1}{n}$

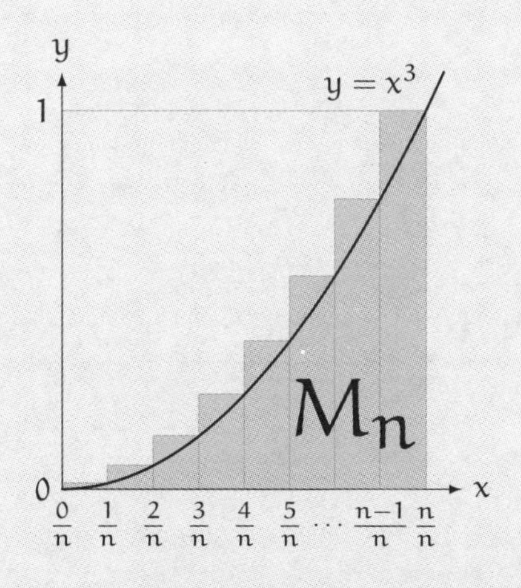

$$
\begin{aligned}
M_n &= \frac{1}{n^4}(1^3 + 2^3 + \cdots + n^3) && \text{由长方形的和得知} \\
&= \frac{1}{n^4} \cdot \frac{n^2(n+1)^2}{4} && \text{代入公式} \\
&= \frac{1}{4} \cdot \frac{(n+1)^2}{n^2} && \text{约分整理} \\
&= \frac{1}{4}\left(1 + \frac{1}{n}\right)^2 && \text{作成} \frac{1}{n}
\end{aligned}
$$

取 $n \to \infty$ 的极限，则

$$L_n \to \frac{1}{4}$$

$$M_n \to \frac{1}{4}$$

因为不等式 $L_n < S < M_n$ 成立，可得

$$S = \frac{1}{4}$$

答：$S = \frac{1}{4}$。

●问题 2-2（“夹逼定理”与极限）

两数列〈a_n〉和〈b_n〉如下所示。

$$
\begin{array}{ll}
a_1 = 0.9 & b_1 = 1.1 \\
a_2 = 0.99 & b_2 = 1.01 \\
a_3 = 0.999 & b_3 = 1.001 \\
\vdots & \vdots \\
a_n = 1 - \dfrac{1}{10^n} & b_n = 1 + \dfrac{1}{10^n} \\
\vdots & \vdots
\end{array}
$$

假设某一实数 r，对任意正整数 n，

$$a_n < r < b_n$$

皆成立。试证此时

$$r = 1$$

■解答 2-2

使用反证法证明。

假设 $r \neq 1$，则 $r>1$ 或者 $r<1$ 成立。$r>1$ 时，r 可用正实数 ε 表示为

$$r = 1 + \varepsilon$$

当整数 n 足够大时，

$$\frac{1}{10^n} < \varepsilon$$

两边加上 1

$$1 + \frac{1}{10^n} < 1 + \varepsilon$$

左式等于 b_n、右式等于 r，所以

$$b_n < r$$

然而，这与前提条件

$$r < b_n$$

产生矛盾。所以，$r>1$ 不正确。

同理，$r<1$ 也不正确。

因此，$r=1$。

（得证）

补充

由上述证明，可知下面的结论。

如果 0.999…表示某个实数，且对任意正整数 n

$$0.\underbrace{999\cdots9}_{n\text{个}} < 0.999\cdots < 1.\underbrace{000\cdots0}_{n-1\text{个}}1$$

皆成立的话，则

$$0.999\cdots = 1$$

第3章的解答

●问题 3-1（计算面积）

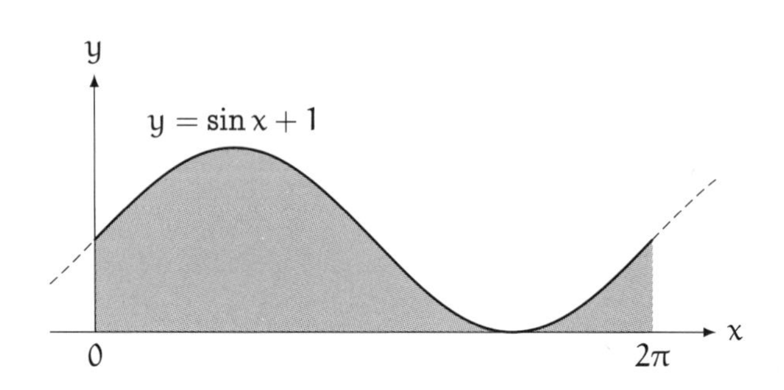

试求 $y = \sin x + 1$ 在区间 $[0,\ 2\pi]$ 所围成图形（上图）的面积。

提示：$(-\cos x + x)' = \sin x + 1$ 。

■解答 3-1

因为在 $0 \leqslant x \leqslant 2\pi$ 时 $\sin x + 1 \geqslant 0$ ，将 $\sin x + 1$ 在区间 $[0,\ 2\pi]$ 积分，可求得面积。下面积分可使用到 $(-\cos x + x)' = \sin x + 1$ 。

$$
\begin{aligned}
\int_0^{2\pi} (\sin x + 1)\mathrm{d}x &= \Big[-\cos x + x\Big]_0^{2\pi} \\
&= (-\cos 2\pi + 2\pi) - (-\cos 0 + 0) \\
&= -\cos 2\pi + 2\pi + \cos 0 \\
&= -1 + 2\pi + 1 \\
&= 2\pi
\end{aligned}
$$

答：2π。

补充

在解答 3-1 时，令

$$\begin{cases} a = 0 \\ b = 2\pi \\ f(x) = \sin x + 1 \\ F(x) = -\cos x + x \end{cases}$$

则可以利用下面的公式

$$\int_a^b f(x)\mathrm{d}x = F(b) - F(a)$$

另解

由图形的对称性，可知以下图形中①的面积等于②的面积。因此可转化为求宽为 1、长为 2π 的长方形面积，为 2π。

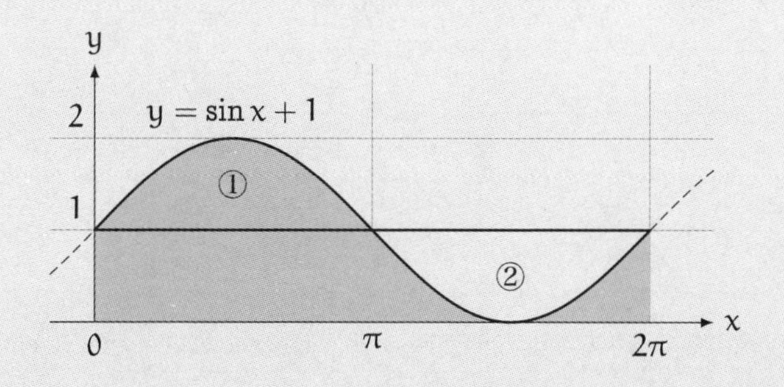

答：2π。

●问题 3-2（计算面积）

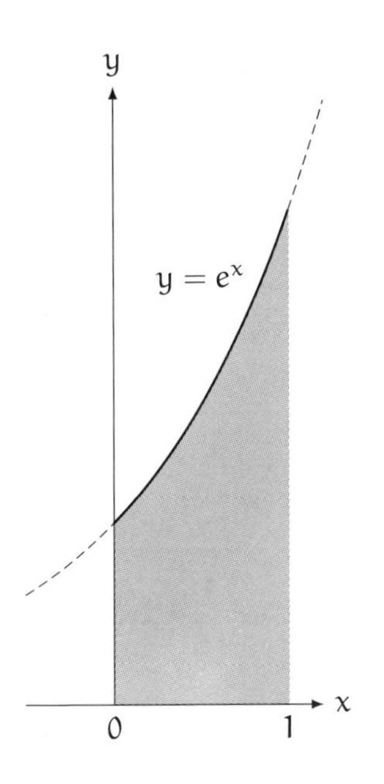

试求 $y = e^x$ 在区间 [0, 1] 所围成图形（上图）的面积。

提示：$(e^x)' = e^x$ 。

■解答 3-2

因为 $e^x \geqslant 0$，将 e^x 在区间 [0, 1] 积分，可求得面积。下面的积分可使用到 $(e^x)' = e^x$ 。

$$\begin{aligned}\int_0^1 \mathrm{e}^x \mathrm{d}x &= \left[\mathrm{e}^x\right]_0^1 \\ &= \mathrm{e}^1 - \mathrm{e}^0 \\ &= \mathrm{e} - 1\end{aligned}$$

答：e−1。

●问题 3-3（计算面积）

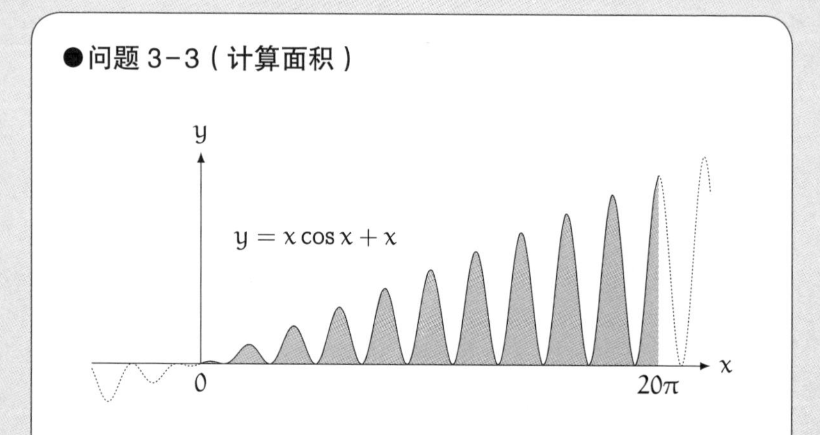

试求 $y = x\cos x + x$ 在区间 $[0, 20\pi]$ 所围成图形（上图）的面积。

提示：$\left(x\sin x + \cos x + \frac{1}{2}x^2\right)' = x\cos x + x$。

■解答 3-3

因为在 $x \geqslant 0$ 时 $x\cos x + x \geqslant 0$，将 $x\cos x + x$ 在区间 $[0, 20\pi]$ 积分，可求得面积。

$$\int_0^{20\pi} (x\cos x + x)\mathrm{d}x = \left[x\sin x + \cos x + \frac{1}{2}x^2\right]_0^{20\pi} \quad \text{由提示得知}$$

$$=\left(20\pi\cdot\sin 20\pi+\cos 20\pi+\frac{1}{2}\cdot(20\pi)^2\right)$$

$$-\left(0\cdot\sin 0+\cos 0+\frac{1}{2}\cdot 0^2\right)$$

$$=1+200\pi^2-1$$

$$=200\pi^2$$

答：$200\pi^2$。

补充

问题 3-3 的提示中，作为“对 x 微分后为 $x\cos x+x$ 的函数”

$$x\sin x+\cos x+\frac{1}{2}x^2$$

出现上述的函数。此函数该如何求得呢？

$x\cos x+x$ 整体来看是“相加形式”，而 $x\cos x$ 的部分是 x 和 $\cos x$ 的“相乘形式”。在第 4 章有提到如何对此形式积分。由问题 4-2，可知微分后为 $x\cos x$ 的函数。

第 4 章的解答

●问题 4-1（不定积分的计算）

试求①～④的不定积分。

① $\int (2x+3x^2+4x^3)\mathrm{d}x$

② $\int (x^2+\mathrm{e}^x)\mathrm{d}x$

③ $\int (n+1)!x^n\mathrm{d}x$　（n 为正整数）

④ $\int (12x^2+34\mathrm{e}^x+56\sin x)\mathrm{d}x$

提示：$(-\cos x)'=\sin x$、$(\mathrm{e}^x)'=\mathrm{e}^x$。

■解答 4-1

①

$$
\begin{aligned}
&\int (2x+3x^2+4x^3)\mathrm{d}x \\
&=\int 2x\mathrm{d}x+\int 3x^2\mathrm{d}x+\int 4x^3\mathrm{d}x \\
&=2\cdot\frac{1}{2}x^2+3\cdot\frac{1}{3}x^3+4\cdot\frac{1}{4}x^4+C \\
&=x^2+x^3+x^4+C \qquad (C\text{为积分常数})
\end{aligned}
$$

（验算）

$$(x^2+x^3+x^4+C)'=2x+3x^2+4x^3$$

②

$$\begin{aligned}&\int(x^2+\mathrm{e}^x)\mathrm{d}x\\&=\int x^2\mathrm{d}x+\int\mathrm{e}^x\mathrm{d}x\\&=\frac{x^3}{3}+\mathrm{e}^x+C\quad(C\text{为积分常数})\end{aligned}$$

（验算）

$$\left(\frac{x^3}{3}+\mathrm{e}^x+C\right)'=x^2+\mathrm{e}^x$$

③

$$\begin{aligned}&\int(n+1)!x^n\mathrm{d}x\\&=(n+1)!\int x^n\mathrm{d}x\\&=(n+1)!\cdot\frac{1}{n+1}x^{n+1}+C\\&=\frac{(n+1)\cdot n!}{n+1}\cdot x^{n+1}+C\\&=n!x^{n+1}+C\quad（C\text{为积分常数}）\end{aligned}$$

（验算）

$$\begin{aligned}(n!x^{n+1}+C)'&=(n+1)\cdot n!x^n\\&=(n+1)!x^n\end{aligned}$$

④

$$
\begin{aligned}
&\int (12x^2 + 34e^x + 56\sin x)dx \\
&= \int 12x^2dx + \int 34e^xdx + \int 56\sin xdx \\
&= 12\int x^2dx + 34\int e^xdx + 56\int \sin xdx \\
&= 12\cdot\frac{1}{3}x^3 + 34e^x + 56(-\cos x) + C \\
&= 4x^3 + 34e^x - 56\cos x + C \quad （C\text{为积分常数}）
\end{aligned}
$$

（验算）

$$
\begin{aligned}
(4x^3 + 34e^x - 56\cos x + C)' &= 4\cdot 3x^2 + 34e^x + 56(\sin x) + 0 \\
&= 12x^2 + 34e^x + 56\sin x
\end{aligned}
$$

●问题 4-2（相乘形式）

试求下面的不定积分。

$$\int x\cos xdx$$

提示：$(\sin x)' = \cos x$ 、$(\cos x)' = -\sin x$

■解答 4-2

令 $f(x) = x$，$g(x) = \sin x$，使用部分积分的公式

$$\int f(x)g'(x)dx = f(x)g(x) - \int f'(x)g(x)dx$$

$$\int x\cos x\mathrm{d}x$$

$= \int x(\sin x)'\mathrm{d}x$ 使用 $(\sin x)' = \cos x$

$= x\sin x - \int (x)'\sin x\mathrm{d}x$ 由部分积分的公式

$= x\sin x - \int 1\sin x\mathrm{d}x$ 因为 $(x)' = 1$

$= x\sin x - \int \sin x\mathrm{d}x$ 因为 $1\sin x = \sin x$

$= x\sin x + \cos x + C$（C 为积分常数） 因为 $(\cos x)' = -\sin x$

答：$\int x\cos x\mathrm{d}x = x\sin x + \cos x + C$（$C$ 为积分常数）。

验算

$(x\sin x + \cos x + C)'$ 对积分结果微分

$= (x\sin x))' + (\cos x)' + (C)'$ ‘和的微分是微分的和’

$= (x\sin x)' + (\cos x)' + 0$ 常数微分后为 0

$= (x)'\sin x + x(\sin x)' + (\cos x)'$ 积的微分

$= \sin x + x\cos x + (\cos x)'$

$= \sin x + x\cos x - \sin x$ $(\cos x)' = -\sin x$

$= x\cos x$ 的确回到原式

补充

问题 3-3 的提示来自解答 4-2。

●问题 4-3（相乘形式）

试求下面的不定积分。

$$\int (x^2+x+1)\mathrm{e}^x \mathrm{d}x$$

■解答 4-3

使用两次部分积分的公式。

$$\begin{aligned}
&\int (x^2+x+1)\mathrm{e}^x \mathrm{d}x \\
&= \int (x^2+x+1)(\mathrm{e}^x)' \mathrm{d}x \\
&= (x^2+x+1)\mathrm{e}^x - \int (x^2+x+1)'\mathrm{e}^x \mathrm{d}x \quad \text{由部分积分的公式} \\
&= (x^2+x+1)\mathrm{e}^x - \int (2x+1)\mathrm{e}^x \mathrm{d}x \quad \text{由 } (x^2+x+1)' = 2x+1 \\
&= (x^2+x+1)\mathrm{e}^x - \int (2x+1)(\mathrm{e}^x)' \mathrm{d}x \quad \text{再准备用一次部分积分的公式} \\
&= (x^2+x+1)\mathrm{e}^x - \left\{(2x+1)\mathrm{e}^x - \int (2x+1)'\mathrm{e}^x \mathrm{d}x\right\} \quad \text{由部分积分的公式} \\
&= (x^2+x+1)\mathrm{e}^x - \left\{(2x+1)\mathrm{e}^x - \int 2\mathrm{e}^x \mathrm{d}x\right\} \quad \text{由 } (2x+1)' = 2 \\
&= (x^2+x+1)\mathrm{e}^x - (2x+1)\mathrm{e}^x + \int 2\mathrm{e}^x \mathrm{d}x \quad \text{拿掉大括号} \\
&= (x^2+x+1)\mathrm{e}^x - (2x+1)\mathrm{e}^x + 2\mathrm{e}^x + C \quad \text{因为} \int 2\mathrm{e}^x \mathrm{d}x = 2\mathrm{e}^x + C \\
&= (x^2+x+1-2x-1+2)\mathrm{e}^x + C \quad \text{提出 } \mathrm{e}^x \\
&= (x^2-x+2)\mathrm{e}^x + C \quad \text{计算括号内部}
\end{aligned}$$

答： $\int (x^2+x+1)\mathrm{e}^x \mathrm{d}x = (x^2-x+2)\mathrm{e}^x + C$

（C 为积分常数）。

验算

$((x^2-x+2)e^x+C)'$ 对积分结果微分

$=((x^2-x+2)e^x)'$

$=(x^2-x+2)'e^x+(x^2-x+2)(e^x)'$

$=(2x-1)e^x+(x^2-x+2)e^x$ 积的微分

$=(x^2+x+1)e^x$ 整合 e^x

第 5 章的解答

●问题 5-1（确认“夹逼定理”）

本章运用的“夹逼定理”，主要是以直角三角形“夹挤”扇形的不等式

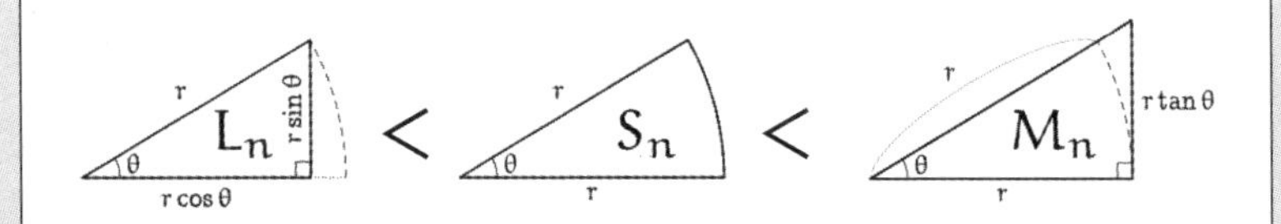

试画图表示在 $n=12$ 时，n 个直角三角形聚集起来“夹逼”圆形的不等式。

■解答 5-1

例如

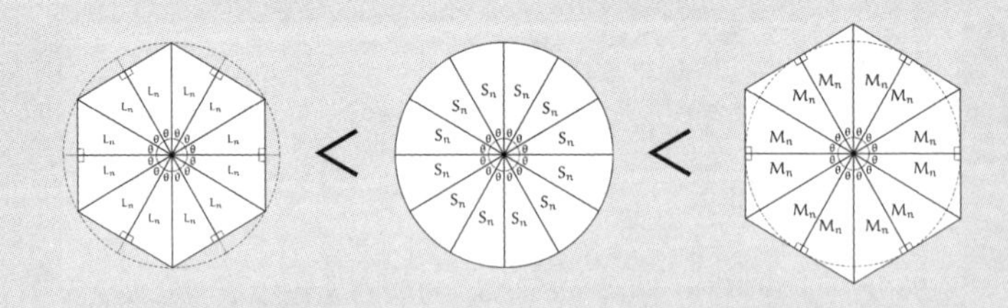

也可以像这样排在一起。

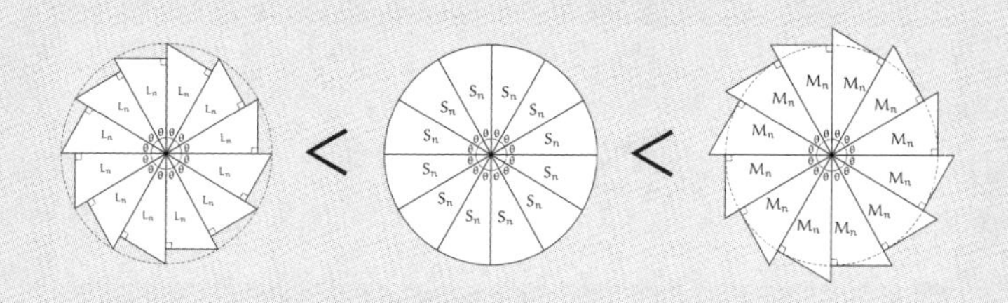

●问题 5-2（收敛与发散）

试问当 $\theta \to 0$ 时，下面①～⑤是收敛还是发散？

① $\dfrac{1}{\theta}$

② $\dfrac{\sin\theta}{\theta}$

③ $\dfrac{\cos\theta}{\theta}$

④ $\tan\theta$

⑤ $\dfrac{\sin 2\theta}{\theta}$

■解答 5-2

① $\theta \to 0$ 的时候，$\dfrac{1}{\theta}$ 发散。

② $\theta \to 0$ 的时候，$\dfrac{\sin\theta}{\theta}$ 为收敛，极限值是 1。

③ $\theta \to 0$ 的时候，$\dfrac{\cos\theta}{\theta}$ 为发散。

④ $\theta \to 0$ 的时候，$\tan\theta$ 为收敛，极限值为 0。因为 $\tan\theta = \dfrac{\sin\theta}{\cos\theta}$，$\theta \to 0$ 时 $\sin\theta$ 收敛至 0、$\cos\theta$ 收敛至 1。

⑤ $\theta \to 0$ 的时候，$\frac{\sin 2\theta}{\theta}$ 为收敛，极限值为 2。

$$\begin{aligned}\lim_{\theta\to 0}\frac{\sin 2\theta}{\theta} &= \lim_{\theta\to 0}\frac{2\cdot\sin 2\theta}{2\theta}\\ &= 2\cdot\lim_{\theta\to 0}\frac{\sin 2\theta}{2\theta}\\ &= 2\end{aligned}$$

●问题 5-3（$\frac{\sin\theta}{\theta}$ 的极限）

有一个半径为 1 的圆，

- 圆的周长 2π
- 内接正 n 边形的周长 L_n
- 外切正 n 边形的周长 M_n

三者之间满足

$$L_n < 2\pi < M_n$$

这样的大小关系 (n=3, 4, 5, ⋯，下图为 n=6 的例子)。

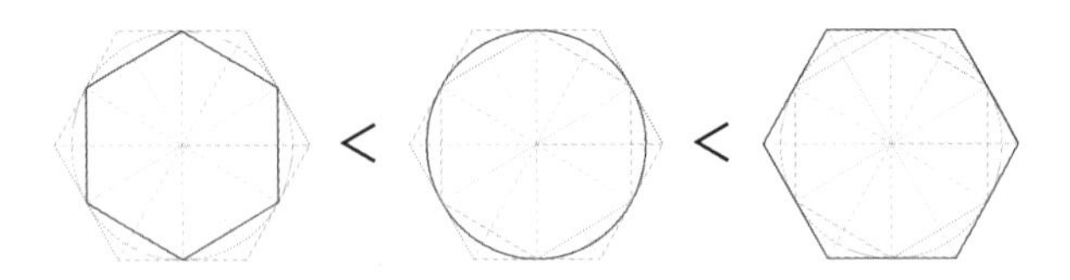

试用上述不等式证明

$$\lim_{\theta\to 0}\frac{\sin\theta}{\theta} = 1$$

■解答 5-3

当 θ 无限接近 0 时，θ 和 $\sin\theta$ 同正负号，下面讨论 $\theta>0$ 的情形。

令 $\theta=\dfrac{\pi}{n}$，则内接正 n 边形的周长 L_n 为

$$L_n = 2n\sin\theta$$

外切正 n 边形的周长 M_n 为

$$M_n = 2n\tan\theta$$

（下图为 $n=6$ 的例子）。

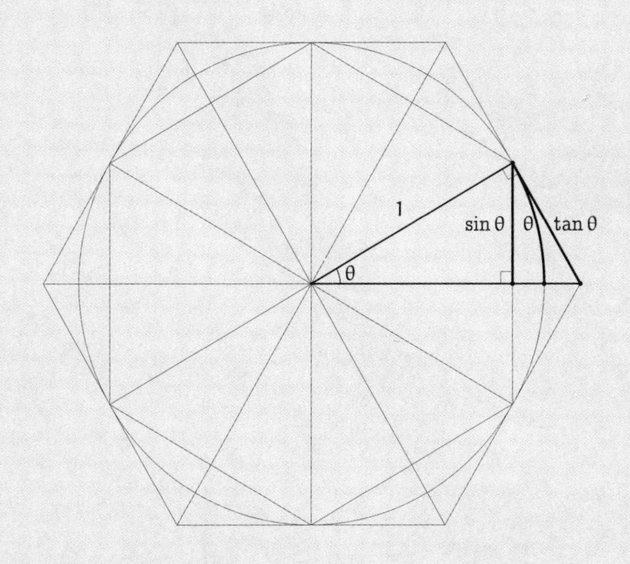

将 L_n 和 M_n 代入题目叙述的不等式，再使用“夹逼定理”处理。

$L_n < 2\pi < M_n$ 由题目的不等式

$2n\sin\theta < 2\pi < 2n\tan\theta$ 代入 L_n 和 M_n

$\sin\theta < \theta < \tan\theta$ 除以 $2n$，且 $\frac{\pi}{n} = \theta$

$\frac{\sin\theta}{\sin\theta} < \frac{\theta}{\sin\theta} < \frac{\tan\theta}{\sin\theta}$ 除以 $\sin\theta$

$1 < \frac{\theta}{\sin\theta} < \frac{1}{\cos\theta}$ 因为 $\frac{\tan\theta}{\sin\theta} = \frac{1}{\cos\theta}$

$1 > \frac{\sin\theta}{\theta} > \cos\theta$ 取倒数

$\cos\theta < \frac{\sin\theta}{\theta} < 1$ 调整顺序

因为 $n \to \infty$ 时 $\theta \to 0$ 、$\cos\theta \to 1$ ，所以将不等式

$$\cos\theta < \frac{\sin\theta}{\theta} < 1$$

以“夹逼定理”处理后，可得

$$\theta \to 0 \text{时} \frac{\sin\theta}{\theta} \to 1$$

亦即

$$\lim_{\theta \to 0} \frac{\sin\theta}{\theta} = 1$$

（得证）

献给想深入思考的你

除了本书的数学对话，我给想深入思考的你准备了研究问题。本书不会给出答案，而且答案可能不止一个。

请试着自己解题，或者找其他对这些问题感兴趣的人一起思考吧。

第 1 章　观察变化的乘法

●研究问题 1-X1（每单位的量）

下面列出的例子皆为讨论“每单位的量”。

- 每单位时间的位置变化（速度）
- 每单位面积的人口（人口密度）
- 每单位面积的受力（压强）
- 每单位体积的质量（密度）

试着举出其他的“每单位的量”。

●研究问题 1-X2（往返的关系图）

在第 1 章的问题 2（第 3 页）中，哥哥往返的“位置图”会是什么图形？请也试着一同探讨考虑方向的“速度图”，以及只考虑速度大小不考虑方向的“速度大小（速率）图”。

第 2 章　运用夹逼定理求面积

●研究问题 2-X1（计算和值）

在第 2 章，

$$\sum_{k=1}^{N} k^2 = 1^2 + 2^2 + 3^2 + \cdots + N^2 = \frac{N(N+1)(2N+1)}{6}$$

推导出平方和公式（68 页）。试问以同样的做法能够求出三次方和、四次方和……的公式吗？另外，试问以同样的方法能够求出“一次方和（一般的和）”吗？

●研究问题 2-X2（分割方法）

在第 2 章，使用了等分割 $0 \leqslant x \leqslant 1$ 范围的区分求积法。试问不是等分割的情况下，计算结果仍是相同数值吗？

第 3 章　微积分的基本定理

●研究问题 3-X1（积分与连续性）

在第 3 章说明微积分的基本定理时，“我”提出函数 $f(x)$ 需为连续的条件（91 页）。试问这项条件的意义是什么？

●研究问题 3-X2（离散与连续）

在第 3 章的最后，提到函数的积分与数列的和相似（119 页）。试着列出 $\int$ 和 $\sum$ 类似点。例如，“某函数的原函数有无数个”类似于数列求和运算的什么叙述？

●研究问题 3-X3（阶差数列与和的关系）

在第 3 章的最后，针对数列 $\langle a_n \rangle$

$$\frac{A_{n+1} - A_n}{1} = a_n$$

讨论了数列 $\langle A_n \rangle$（121 页）。定义数列 $\langle S_n \rangle$ 为

$$S_n = \sum_{k=0}^{n} a_k$$

试问数列 $\langle S_n \rangle$ 与数列 $\langle A_n \rangle$ 的关系。

第 4 章　看出式子形式

●**研究问题 4-X1（“和的○○是○○的和”）**

在第 4 章，提到“和的○○是○○的和”的记忆口诀。

- “和的积分是积分的和”
- “和的微分是微分的和”
- “和的期望值是期望值的和”

其他还有哪些“和的○○是○○的和”的表述吗？例如，可以说“和的剩余是剩余的和”吗？即

$$(a \bmod n)+(b \bmod n)=(a+b) \bmod n$$

这个式子成立吗？其中，a、b 为整数，n 为大于 0 的整数，$a \bmod n$ 是指 a 除以 n 的余数（剩余）。

●**研究问题 4-X2（部分积分的公式）**

在第 4 章，使用部分积分的公式

$$\int f(x)g'(x)\mathrm{d}x = f(x)g(x) - \int f'(x)g(x)\mathrm{d}x + C$$

求不定积分

$$\int x\mathrm{e}^x\mathrm{d}x$$

在 160 页中，“我”令

$$\begin{cases} f(x) = x \\ g(x) = \mathrm{e}^x \end{cases}$$

试问若是反过来令

$$\begin{cases} f(x) = \mathrm{e}^x \\ g(x) = x \end{cases}$$

则情况会如何？

第 5 章　试求圆的面积

●研究问题 5-X1（圆的切法）

在第 5 章，将圆切成扇形，利用“夹逼定理”求面积。

试问能用其他切法求面积吗？

●研究问题 5-X2（比的极限与差的极限）

在第 5 章，讨论了

$$\theta \to 0 \text{ 时 } \frac{\sin\theta}{\theta} = 1$$

的意义。假设有某两个函数 $f(x)$ 与 $g(x)$，

$$\theta \to 0 \text{ 时 } \frac{f(x)}{g(x)} \to 1 \qquad \text{(A)}$$

则

$$\theta \to 0 \text{ 时 } f(x) - g(x) \to 0 \qquad \text{(B)}$$

能够这么叙述吗？相反，若前提条件是 (B) 话，则 (A) 的叙述会成立吗？

后记

大家好，我是结城浩。

感谢各位阅读《数学女孩的秘密笔记：积分篇》。本书献上围绕积分的大量数学对话：微积分的基本定理“夹逼定理”与区分求积法、积分与微分的各类运算，还有通过积分求圆的面积……大家是否和他们一起领悟积分、极限与无限之间的魅力了呢?

本书由 cakes 网站所连载的“数学女孩的秘密笔记”第 131 回至 140 回重新编辑而成。如果你读完本书，想知道更多关于“数学女孩的秘密笔记”的内容，请一定要上这个网站。

“数学女孩的秘密笔记”系列，是以平易近人的数学为题材，描述初中生由梨、高中生蒂蒂、米尔迦和“我”尽情探讨数学知识的故事。

这些角色亦活跃于另一个系列“数学女孩”中，该系列是以更深奥的数学为题材所写成的青春校园物语，也推荐给你!

请继续支持“数学女孩”与“数学女孩的秘密笔记”这两个系列!

日文原书使用 LaTeX2 与 Euler Font（AMS Euler）排版。排版参考了奥村晴彦老师所作的《LaTeX2ε 美文书编写入门》，绘图则使用 OmniGraffle、TikZ、TeX2img 等软件，在此表示感谢。

感谢下列各位，以及许多不具名的人，阅读我的原稿，并提供宝贵的意见。当然，本书内容若有错误，皆为我的疏失，并非他们的责任。

赤泽凉、井川悠佑、石井遥、石宇哲也、稻叶一浩、上原隆平、植松弥公、内田大晖、大西健登、镜弘道、北川巧、菊池夏美、木村岩、桐岛功希、工藤淳、原和泉、藤田博司、梵天由登里 (medaka-college)、前原正英、增田菜美、松浦笃史、松森至宏、三宅喜义、村井建、山田泰树、米内贵志。

感谢一直以来负责“数学女孩的秘密笔记”与“数学女孩”两个系列的 SB Creative 野哲喜美男总编辑。

感谢 cakes 网站的加藤贞显先生。

感谢所有支持我写作的人。

感谢我最爱的妻子和两个儿子。

感谢阅读本书到最后的各位。

我们在“数学女孩的秘密笔记”系列的下一本书中再见吧！

结城浩

版权声明